Taschenbuch – Literatur - Klassiker

AF188255

Band 34
Frances Hodgson Burnett
Der kleine Lord

Frances Hodgson Burnett
Der kleine Lord

Band 34
1.Auflage
TLK Taschenbuch - Literatur - Klassiker
Herausgeber Frank Weber, Marburg
Bibliografische Information der Deutschen Nationalbibliothek:
Die Deutsche Nationalbibliothek verzeichnet diese Publikation in der Deutschen
Nationalbibliografie; detaillierte bibliografische Daten sind im Internet abrufbar über
http://dnb.dnb.de
© 2018 Frances Hodgson Burnett
ISBN: 9783750411975
Herstellung und Verlag: BoD – Books on Demand, Norderstedt

Inhalt

.

Frances Hodgson Burnett

Der kleine Lord

Erstes Kapitel

Eine große Ueberraschung

Cedrik selbst wußte kein Sterbenswörtchen davon, nie war etwas Derartiges in seiner Gegenwart auch nur erwähnt worden. Daß sein Papa ein Engländer gewesen, wußte er, weil seine Mama ihm das gesagt hatte, aber dann war dieser Papa gestorben, als er noch ein ganz kleiner Junge gewesen, und ihm war von demselben nicht viel mehr in Erinnerung geblieben, als daß er eine hohe Gestalt und blaue Augen und einen langen, schönen Schnurrbart gehabt und daß es herrlich gewesen, auf seinen Schultern in der Stube herumzureiten. Nach des Vaters Tode hatte Cedrik dann die Entdeckung gemacht, daß es am allerbesten sei, mit der Mama gar nicht von ihm zu sprechen. Als der Papa erkrankte, war Cedrik fortgebracht worden, und als er wieder nach Hause kam, war alles vorüber gewesen, und sein Mütterchen, das auch eine schwere Krankheit durchgemacht, fing eben wieder an, in ihrem Lehnstuhle am Fenster zu sitzen; allein sie war bleich und mager und all die lustigen Grübchen waren aus ihrem hübschen Gesichte verschwunden; die Augen sahen so groß aus und so traurig, und ihr Kleid war ganz schwarz.

»Herzlieb,« sagte Cedrik – so hatte sein Papa sie immer genannt, und der kleine Junge machte es ihm nach –»Herzlieb, geht's Papa besser?« Er fühlte, wie ihr Arm zitterte, wandte plötzlich sein lockiges Köpfchen und sah ihr ins Gesicht, und als er sie so ansah, war's ihm, als ob er selbst bald zu weinen anfangen müsse.

»Herzlieb,« fragte er noch einmal,»ist Papa wohl?«
Dann gab ihm sein kleines zärtliches Herz plötzlich ein, beide Aermchen um den Hals der Mutter zu schlingen und sie wieder und wieder zu küssen und seine weiche, warme Wange fest an die ihrige zu schmiegen, und sie drückte ihr Gesicht an seine Schulter und hielt ihn umschlungen, als ob sie ihn nie mehr von sich lassen wollte, und weinte bitterlich.

»Ja, ihm ist wohl,« schluchzte sie;»ihm ist ganz, ganz wohl, aber wir – wir haben nichts mehr auf der Welt als einander. Keine Menschenseele sonst.«

So klein er war, hatte er doch begriffen, daß sein großer, schöner, junger Papa nicht mehr wiederkommen werde, daß er tot sei, wie er es von andern Leuten auch schon hatte sagen hören, obwohl er nicht recht wußte, was das für ein seltsames Ding war, das so viel Herzeleid in seinem Gefolge hatte, und weil sein Mütterchen immer weinte, wenn er von dem Papa sprach, kam er ganz in aller Stille auf den Gedanken, daß es besser sei, nicht von ihm zu sprechen, und allmählich fand er auch, daß es besser sei, sie nicht ganz ruhig dasitzen und zum Fenster hinaus oder ins Feuer starren zu lassen. Bekannte hatten er und seine Mama nicht viele, und man konnte ihr Leben sehr einsam nennen, obgleich Cedrik davon keine Ahnung hatte, bis er älter wurde und man ihm dann sagte, weshalb sie keine Besuche erhielten. Er erfuhr dann, daß seine Mama eine Waise war und ganz allein in der Welt gestanden hatte, ehe sie Papas Frau geworden. Sie war sehr hübsch und hatte als Gesellschafterin bei einer reichen alten Frau gelebt, die nicht gütig gegen sie gewesen war. Eines Tages hatte Kapitän Cedrik Errol, der Besuch bei der Dame machte, sie die Treppe hinaufeilen sehen mit schweren dicken Thränentropfen an den langen Wimpern, und dabei hatte sie so unschuldig und traurig und wunderlieblich ausgesehen, daß der Kapitän es nicht mehr hatte vergessen können. Dann waren mancherlei merkwürdige Dinge geschehen, sie hatten einander kennen gelernt und hatten sich sehr lieb und wurden schließlich Mann und Frau, obwohl diese Heirat ihnen die Mißbilligung verschiedener Personen zuzog. Am meisten erzürnt darüber war der Vater des Kapitäns, der in England lebte und ein sehr reicher und vornehmer Herr von leidenschaftlicher Gemütsart und einer heftigen Voreingenommenheit gegen Amerika und die Amerikaner war. Kapitän Cedrik war der dritte Sohn und hatte also für sein Teil wenig Aussichten auf die äußerst bedeutenden Güter und Titel seines Hauses. Die Natur verteilt ihre Güter jedoch nicht nach dem Erstgeburtsrecht, und es kommt vor, daß dritte Söhne Dinge besitzen, die den beiden älteren versagt sind. Cedrik Errol hatte ein hübsches Gesicht, eine kräftige, schlanke, elastische Gestalt, ein helles Lachen und eine weiche, fröhliche Stimme; er war tapfer, freimütig und hatte das beste Herz von der Welt, und es war, als ob ihm ein Zauber verliehen sei, der alle Menschen zu ihm zog und an ihn fesselte. Bei seinen älteren Brüdern war dem nicht so; der eine wie der andre war weder hübsch noch begabt, noch gutherzig. Als Knaben in der Schule zu Eton machten sie sich sehr unbeliebt; auf der Universität betrieben sie keinerlei Studien, vergeudeten Zeit und Geld und gewannen wenig Freunde. Was der Vater an ihnen erlebte, waren Enttäuschungen und Demütigungen; der Erbe seines edlen Namens machte demselben keine Ehre und versprach, nichts zu werden, als ein selbstischer, verschwenderischer unbedeutender Mensch ohne jegliche ritterliche Tugend. Es war sehr bitter für den alten Herrn, daß der Sohn, welcher die unbedeutende Stellung des Jüngsten einnahm und nur ein sehr mäßiges Vermögen erhalten konnte, alles besaß, was an Talent, Liebenswürdigkeit, Kraft und äußerer Erscheinung in seiner Familie zu entdecken war.

Zuweilen haßte er den frischen jungen Gesellen beinahe, der sich unterfing, all' die guten Dinge zu besitzen, die doch mit Fug und Recht zu dem großen Titel und dem herrlichen Besitztum gehört hätten, und doch hing sein stolzes, eigenwilliges altes Herz insgeheim unendlich an seinem Jüngsten. In einem derartigen Anfall von Gereiztheit war's, daß er ihn auf eine Reise nach Amerika geschickt hatte; Cedrik sollte ihm eine Zeitlang aus den Augen kommen, damit er nicht durch den immerwährenden Vergleich sich über das Treiben der beiden Aeltesten, die ihm gerade damals wieder viel zu schaffen machten, noch mehr aufzuregen brauchte.

Aber kaum war der Sohn ein halbes Jahr fort, als der alte Herr Sehnsucht nach ihm empfand und ihm den Befehl zur Heimkehr sandte. Dieser Brief kreuzte sich mit einem des jungen Mannes, in dem dieser dem Vater von seiner Liebe zu der hübschen Amerikanerin und seiner Absicht, dieselbe zu heiraten, sprach, was den Grafen in fürchterliche Wut versetzte. Wie entsetzlich seine Zornesausbrüche auch sein lebenlang, gewesen waren, so schrankenlos hatte er noch nie getobt, wie nach dem Empfang von Kapitän Cedriks Brief, und sein Kammerdiener, der eben im Zimmer war, machte sich auf einen Schlaganfall gefaßt. Eine Stunde lang raste er wie ein wildes Tier, dann setzte er sich hin und schrieb an seinen Sohn. Er verbot ihm, je wieder den Fuß in die Nähe seiner alten Heimat zu setzen oder an Vater und Brüder ein Wort zu schreiben; er könne leben, wie es ihm behage, und sterben, wo es ihm gefällig sei, von seiner Familie sei er für alle Zeiten geschieden und Hilfe oder Unterstützung habe er von seiten seines Vaters nie und nimmer zu gewärtigen.

Der Kapitän war tief betrübt über diesen Brief. Er hing an England und er liebte das schöne Heim, in dem er geboren war; er hatte sogar den übellaunischen, despotischen Vater lieb und hatte dessen Kümmernisse im stillen immer mitempfunden, aber er war sich vollkommen klar, daß er von nun an nichts mehr von ihm zu erwarten hatte. Erst wußte er kaum, was anfangen, denn er war ja nicht zur Arbeit erzogen und hatte keine Ahnung von Geschäften, dafür aber Mut und Entschlossenheit; er gab seine Stellung in der englischen Armee auf, fand, nach mancher Mühsal, Beschäftigung in New York und heiratete. Der Unterschied zwischen seinem einstigen und jetzigen Leben war groß, allein er war jung und glücklich und hoffte, bei harter Arbeit eine Zukunft zu haben. Er bewohnte ein kleines Häuschen in einer ruhigen abgelegenen Straße, und dort kam sein Junge zur Welt und alles war einfach und bescheiden, aber fröhlich und freundlich, so daß er es nie einen Moment bereute, die hübsche Gesellschafterin der reichen alten Dame geheiratet zu haben, einzig, weil sie ein süßes Geschöpf war und ihn lieb hatte und er sie. Sie war aber auch wirklich und wahrhaftig ein süßes Geschöpf, und ihr kleiner Junge glich Mutter und Vater, und wenn er auch in einem armseligen, weltentlegenen Häuschen geboren war, schien es doch nie ein glücklicheres Kind auf der Welt gegeben zu haben. In erster Linie war er allezeit gesund und munter, machte also keinerlei Sorge und Mühe, dann hatte er so ein liebes, reines Gemüt und war so ein herziger kleiner Mensch, daß jedermann Freude an ihm haben mußte, und zu dem allen war er so schön, daß man ihn immerfort anstaunen mußte wie ein wunderbares Bild. Statt als ein kahlköpfiges Baby auf der Bildfläche zu erscheinen, hielt er seinen Einzug als Weltbürger mit einer Fülle weichen, seidigen, golden schimmernden Haares, das sich nach sechs Monaten in leichten Locken um sein Köpfchen krauste; er hatte große braune Augen, lange Wimpern und ein herziges kleines Gesicht, ferner so kräftige Glieder, daß er mit neun Monaten plötzlich auf seinen kerzengeraden strammen Beinchen zu wandeln anfing, und dabei war er ein so gesittetes Baby, daß es eine Lust war, seine Bekanntschaft zu machen. Er schien davon auszugehen, daß jeder Mensch sein Freund sei, und sprach jemand mit ihm, wenn er in seinem Kinderwagen auf der Straße war, so pflegte er den Unbekannten erst ganz ernsthaft aus seinen braunen Augen anzuschauen, worauf dann sofort ein sonniges Lächeln folgte. Daher kam es denn auch, daß in der ganzen Nachbarschaft keine Menschenseele war – nicht einmal der Spezereihändler an der Ecke, und der war anerkannt der gröbste Mensch unter Gottes Sonne – die nicht eine Freude daran gehabt hätte, ihn zu sehen und mit ihm zu sprechen, und mit jedem Monat, den er älter wurde, ward er hübscher und lebendiger.

Als er groß genug war, mit seiner Kinderfrau auszugehen in einem kurzen, weißen Röckchen, mit einem großen, weißen Hut auf dem lockigen Haar, erregte er allgemeines Aufsehen, und die Wärterin hatte der Mama die längsten Geschichten zu erzählen von Damen, die ihre Wagen hatten anhalten lassen und ausgestiegen waren, um mit ihm zu sprechen, und die ganz entzückt gewesen waren, als er in seiner harmlosen, unbefangenen Art mit ihnen geplaudert hatte, als ob er sie von jeher gekannt. Diese seltsam unbefangene Art und Weise, mit jedermann Freundschaft zu schließen, gab ihm einen ganz eigenartigen Reiz. Er war eine offne, rückhaltslos vertrauende Natur, und sein warmes kleines Herz wollte, daß es allen so wohl zu Mute sein solle, wie ihm selbst, das war's, was ihn die Empfindungen derer, die um ihn waren, so merkwürdig schnell verstehen ließ. Vielleicht hatte sich dieser Zug auch mehr entwickelt, weil er immer mit Vater und Mutter lebte, die liebevoll, gütig und voll echter Herzensbildung waren; nie hörte er zu Hause ein unhöfliches oder rauhes Wort: von jeher wurde er mit Liebe und Zärtlichkeit behandelt und umgeben, und so strömte sein Kinderherz auch von Liebe und Wärme für andre über. Immer hatte er sein Mütterchen mit süßen Schmeichelnamen nennen hören, und deshalb sprach auch er nie anders mit ihr und von ihr; immer hatte er gesehen, daß sein Papa sie ängstlich behütete und für sie sorgte, und so lernte auch er ganz von selbst für sie sorgen. Und als er nun wußte, daß sein Papa nicht wiederkommen werde, und sah, wie traurig sie war, da entstand unbewußt in seinem kleinen Herzen das Gefühl, daß er nun alles thun müsse, um sie glücklich zu machen. Er war ja noch ein kleines Kind, aber dies Gefühl lebte in ihm, wenn er auf ihre Kniee kletterte und sie küßte und sein lockiges Köpfchen an ihre Wange drückte, oder wenn er ihr sein Spielzeug und seine Bilderbücher zum Ansehen brachte oder sich schweigend und regungslos neben sie kauerte, wenn sie auf dem Sofa lag.

Er war noch nicht alt genug, um andre Trostesmittel zu finden, aber er that sein Bestes, und er selbst hatte keine Vorstellung davon, wie wohl sein stilles Thun dem armen, vereinsamten Herzen that. »O Mary!« hörte er seine Mama einmal zu der alten Dienerin sagen, »ich bin überzeugt, er will mir auf seine Weise helfen und mich trösten. Zuweilen sieht er mich an mit großen, verwunderten Augen voll tiefster Liebe, als ob ich ihm im Innersten leid thäte, und dann kommt er und streichelt mich oder zeigt mir etwas. Er ist so merkwürdig reif; ich bin überzeugt, er denkt so weit.«

Als er heranwuchs, hatte er eine Menge wunderlicher Einfälle, die höchst ergötzlich waren, und wußte seine Mama so gut zu unterhalten, daß sie gar nicht nach andrer Gesellschaft verlangte; sie gingen miteinander spazieren und schwatzten und spielten zusammen. Er war noch ein ganz kleiner Bursche, als er lesen lernte, und hernach lag er abends auf dem Teppich vor dem Kamin und las vor – Kindergeschichten, zuweilen auch große Bücher, wie erwachsene Leute sie lesen, und hier und da sogar die Zeitung, und dabei hörte Mary in ihrer Küche Mrs. Errol manchmal hell auflachen über seine wunderlichen Bemerkungen: »Und, meiner Seel',« sagte Mary zu dem Spezereihändler, »so verstockt könnte keiner sein, daß er nicht lachen müßte über unsern Jungen, wenn er so altklug schwatzt. In der Nacht, wo der neue Präsident ernannt worden ist, kommt der Jung' zu mir in die Küch', stellt sich vors Feuer, die Händchen in den kleinen Taschen, wie ein Bild, sag' ich Ihnen, und mit so einer feierlichen Mien' wie ein Richter im Talar. Und dann sagt er zu mir: ›Mary,‹ sagt er, ›die Wahl 'tressiert miß sehr,‹ sagt er. ›Iß bin 'Publikaner und Herzlieb auch. Bist du auch 'Publikaner, Mary?‹ ›Thut mir leid,‹ sag' ich, ›aber ich bin just ein wenig von der andern Partei.‹ Da sieht er mich an, daß es einem ganz durch Mark und Bein geht, und sagt: ›Mary,‹ sagt er, ›die rißten ja das Land zu Grund.‹ Und seither ist kein Tag vergangen, wo er mir nicht zugeredet hat, zur andern Partei zu gehen.«

Mary war sehr entzückt von »unserm Jungen« und sehr stolz auf ihn; sie war schon im Hause gewesen, als er zur Welt kam, und seit seines Vaters Tode war sie Köchin, Hausmädchen und Kinderfrau in einer Person. Sie war stolz auf den kräftigen, beweglichen, kleinen Kerl und sein nettes Benehmen, ganz besonders aber auf sein schimmerndes Haar, das in die Stirn hereingeschnitten war und in leichten

Pagenlocken auf seine Schulter fiel. Um seine kleinen Anzüge machen zu helfen, war ihr früh und spät keine Mühe zu viel. »'Ristokratisch, hm?« pflegte sie zu sagen. »Du lieber Gott, den Jungen auf der Fifth Avenue möcht' ich sehen, der so dreinschaut, seine Beine so setzt! Jeder Mensch, Mann und Weib und Kind, alles schaut ihm nach, wenn er den schwarzen Samtanzug anhat, den wir ihm aus meiner Frau ihrem alten Kleide zurecht gemacht haben, wenn er den Kopf so aufwirft und sein Lockenhaar fliegt! Accurat wie ein junger Lord sieht er aus.«

Cedrik hatte keine Ahnung davon, daß er wie ein junger Lord aussah, er wußte auch durchaus nicht, was ein Lord war. Der vornehmste unter seinen Freunden war der Spezereihändler an der Ecke – der grobe Mann, der gegen ihn nie grob war. Er nannte sich Mr. Hobbs und war in Cedriks Augen sehr reich und eine höchst bedeutende Persönlichkeit, die er über die Maßen bewunderte; er hatte ja so viele Dinge in seinem Laden – Pflaumen und Feigen und Apfelsinen und Biskuits – und er hatte ein Pferd und einen Wagen. Cedrik mochte auch den Milchmann, den Bäcker und die Apfelfrau wohl leiden, aber Mr. Hobbs war doch obenan in seinem Herzen, und er stand auf so vertrautem Fuße mit ihm, daß er ihn jeden Tag besuchte und oft lange bei ihm saß, um die Tagesereignisse zu besprechen. Es war ganz merkwürdig, wieviel die beiden immer zu schwatzen hatten, über alles Mögliche. Der 4. Juli namentlich war ein Thema, über welches ihnen das Gespräch nie ausging. Mr. Hobbs hatte eine sehr geringe Meinung von den Engländern und er erzählte ihm die ganze Geschichte der Losreißung, wobei die Schändlichkeit des Feindes und die Tapferkeit der Aufständischen durch schlagende Beispiele beleuchtet wurden, schließlich trug er ihm noch einzelne Teile der Unabhängigkeits-erklärung wörtlich vor. Cedrik war dann so aufgeregt, daß seine Augen leuchteten, seine Wangen glühten und all seine Locken eine wirre Masse waren; zu Hause konnte er die Mahlzeit kaum erwarten, um seiner Mama alles Gehörte wiederzugeben, und so war es entschieden Mr. Hobbs, dem er sein erstes Interesse für Politik zu danken hatte. Mr. Hobbs war auch ein eifriger Zeitungsleser, und daher erfuhr Cedrik so ziemlich alles, was in Washington vor sich ging, und wußte immer, ob der Präsident seine Schuldigkeit that oder nicht. Und bei der letzten Präsidentenwahl waren beide sehr erregt gewesen und ohne Mr. Hobbs und Cedrik wäre das Land womöglich aus den Fugen gegangen. Cedrik wurde dann auch zu einem Fackelzug mitgenommen, und mancher Fackelträger erinnerte sich nachher noch des untersetzten Mannes an dem Laternenpfahl mit dem blonden Knaben auf der Schulter, der so energisch sein Mützchen geschwungen und sein Hurra gerufen hatte.

Nicht lange nach dieser Wahl war es – Cedrik war nun zwischen sieben und acht Jahren alt – daß das seltsame Ereignis eintrat, welches sein Leben so ganz und gar umgestaltete. Merkwürdig war, daß er gerade an dem Tage mit seinem Freunde über England und die Königin gesprochen hatte, wobei Mr. Hobbs sich sehr hart über die Aristokratie geäußert und namentlich mit den britischen Grafen und Marquis streng ins Gericht gegangen war. Es war ein sehr heiterer Morgen, und Cedrik war, nachdem er mit ein paar Kameraden Soldaten gespielt hatte, zu Mr. Hobbs gegangen, um sich auszuruhen, und hatte denselben in entrüsteter Betrachtung der »London Illustrated News« gefunden, die eine Hofceremonie wiedergab.

»Ha,« sagte er, »auf die Art treiben sie's nun, aber sie werden's schon eingetränkt kriegen eines schönen Tages, wenn die sich aufrichten, die sie jetzt mit Füßen treten, und das ganze Gelichter übern Haufen werfen – Herzöge und Grafen und all den Plunder! Das bleibt nicht aus; sie sollen sich nur vorsehen.«

Cedrik saß wie gewöhnlich rittlings auf dem Comptoirstuhle, den Hut aus der Stirn gerückt, die Händchen in den Taschen, ganz Ohr.

»Haben Sie viele Marquis gekannt, Mr. Hobbs?« fragte er ernsthaft. »Oder viele Grafen?«

»Nein,« erwiderte Mr. Hobbs mit Entrüstung, »ganz und gar nicht. Aber ich möchte wohl mal so einen hier in meiner Bude klein kriegen, dem wollte ich's klar machen, daß ich keine Räuber und Tyrannen auf meinen Biskuitkasten sitzen und bei mir herumlungern lassen will.«

Dies Bewußtsein erhabenen Bürgerstolzes erfüllte ihn mit großer Befriedigung, und er wischte sich die Stirn mit einem siegreichen Herrscherblick auf seine Kisten.

»Vielleicht sind sie nur Grafen, weil sie es eben nicht besser wissen,« bemerkte Cedrik, in dessen kleinem Herzen ein gewisses Mitgefühl für die Unglücklichen aufstieg.

»Weil sie's nicht besser wissen!« sagte Mr. Hobbs. »Da bist du ganz auf dem Holzwege, sie bilden sich ja noch Wunder was darauf ein, die Kuckucksbrut!«

Mitten in dieser Unterhaltung erschien Mary. Cedrik nahm erst an, sie werde irgend einen kleinen Bedarf für den Haushalt holen, dem war aber nicht so; sie sah sehr aufgeregt aus und war so bleich, wie man es bei ihrem Teint kaum für möglich gehalten hätte.

»Komm heim, Liebling,« sagte sie,»die Mama will's haben.«

Cedrik glitt von seinem erhabenen Sitze herunter.

»Soll ich mit der Mama ausgehen, Mary?« fragte er.»Guten Tag, Mr. Hobbs. Ich komme ein andermal.«

»Was ist denn geschehen, Mary?« forschte er unterwegs.»Ist's die Hitze?«

»Nein, nein,« sagte Mary,»Gott, was bei uns für Geschichten passieren!«

»Hat denn Herzlieb Kopfweh von der Sonne?« fragte der kleine Mann, nach und nach ängstlich werdend.

Das war's aber auch nicht. Als sie das Haus erreicht hatten, stand ein Wagen davor und im Wohnzimmer war jemand bei Mama; Mary zog ihn eilends die Treppe hinauf, steckte ihn in sein bestes Gewand, den weißen Flanellanzug mit der roten Schärpe, und bürstete seine Haare glatt.

»Ein Lord!« sprach sie dabei vor sich hin.»Lord war's ja doch! Ach, und die Verwandtschaft. Hol sie der Kuckuck! Lord und Graf, jawohl, um so schlimmer!«

Das war wirklich alles sehr seltsam, allein er wußte ja ganz gewiß, daß seine Mama ihm alles erklären würde, und so ließ er Mary ungestört ihren Gedanken nachhängen. Als er umgekleidet war, lief er die Treppe hinunter und geradeswegs ins Wohnzimmer. Ein großer, magerer alter Herr mit einem scharfgeschnittenen Gesichte saß im Lehnstuhl, seine Mama stand daneben, sie war sehr blaß, und er bemerkte auf den ersten Blick, daß sie Thränen in den Augen hatte.

»O Ceddie!« rief sie, ihrem kleinen Jungen entgegeneilend und ihn scheu und erregt ans Herz drückend.»Ceddie, mein Herzenskind!«

Der große alte Herr stand auf und sah den Knaben scharf an, wobei er sein spitzes Kinn mit der fleischlosen Hand rieb. Der Eindruck schien ihn übrigens zu befriedigen.

»So so,« sprach er langsam,»das ist also der kleine Lord Fauntleroy.«

Zweites Kapitel

Cedriks Freunde

In der Woche, die nun folgte, gab es wohl keinen erstaunteren und verblüffteren kleinen Jungen als Cedrik; die ganze Woche war aber auch höchst seltsam und unwahrscheinlich. Erstens einmal war die Geschichte, die seine Mama ihm erzählte, eine ganz wunderliche, und er mußte sie zwei- oder dreimal hören, bis er sie verstand, was aber Mr. Hobbs davon halten würde, darüber war er sich auch dann noch nicht klar. Die Geschichte fing mit Grafen an, sein Großvater, den er nie gesehen hatte, war ein solcher, und sein ältester Onkel wäre dann später ein Graf geworden, wenn er nicht durch einen Sturz vom Pferde getötet worden wäre, nach einem Tode hätte dann sein zweiter Onkel Graf werden sollen, der war aber in Rom ganz plötzlich am Fieber gestorben. Nun wäre es schließlich an seinem eignen Papa gewesen, den Titel zu bekommen, da aber alle tot waren und niemand übrig, kam es zu guter Letzt darauf hinaus, daß er nach seines Großvaters Tode der Graf und Erbe werden würde – und jetzt für den Augenblick war er Lord Fauntleroy.

Als er dies zuerst erfuhr, ward er ganz bleich.

»O Herzlieb!« sagte er, »ich möchte lieber kein Graf sein. Keiner von den andern Jungen ist ein Graf. Kann ich nicht keiner sein?«

Die Sache schien sich jedoch nicht umgehen zu lassen, und als er abends mit seinem Mütterchen am Fenster saß und in die armselige Straße hinausblickte, sprachen sie lange und eingehend darüber. Cedrik saß auf seiner Fußbank, das eine Bein übergeschlagen, wie es seine Lieblingsstellung war, und sein kleines Gesicht war ein wenig verstört und ganz rot vor lauter Nachdenken. Sein Großvater wollte, daß er nach England kommen solle, und hatte deshalb den alten Herrn geschickt.

»Ich weiß, daß dein Papa sich darüber freuen würde,« sagte seine Mama, die traurigen Augen dem Fenster zugewendet. »Sein Herz hing sehr an seiner Heimat, und dann sind dabei auch noch viele Dinge zu bedenken, die du noch nicht verstehen kannst, mein Kind. Ich würde eine sehr selbstsüchtige Mama sein, wenn ich dich nicht reisen ließe – das wirst du alles begreifen, wenn du erst erwachsen bist.«

Cedrik schüttelte wehmütig das Köpfchen. »Es thut mir so leid, wenn ich von Mr. Hobbs fort muß,« sagte er. »Ich habe Angst, er wird mich vermissen und er wird mir sehr fehlen – er und all die andern.«

Als Mr. Havisham, welcher der langjährige Sachwalter des Grafen Dorincourt war, und der die Mission hatte, Lord Fauntleroy nach England zu bringen, am nächsten Tage wiederkam, erfuhr Cedrik sehr viel Neues, allein es war ihm gar nicht sehr tröstlich, zu erfahren, daß er dereinst ein sehr reicher Mann sein und hier ein Schloß und dort ein Schloß, große Parks, Bergwerke und Ländereien und viele Dienerschaft besitzen werde. Er war sehr bekümmert im Gedanken an seinen Freund, Mr. Hobbs, und bald nach dem Frühstück suchte er ihn voll Herzensangst in seinem Laden auf.

Er fand ihn die Zeitung lesend und trat ihm mit ernster Miene gegenüber: er wußte ja, daß das, was ihm widerfahren, für Mr. Hobbs ein herber Schlag sein mußte, und er hatte sich's unterwegs genau überlegt, wie er ihm die Sache beibringen wollte.

»Hallo!« sagte Mr. Hobbs. »'Morgen!«

»Guten Morgen,« sagte Cedrik. Er kletterte nicht wie sonst auf seinen hohen Stuhl, sondern setzte sich auf einen Biskuitkasten und schlug die Beine übereinander und schwieg so lange, bis Mr. Hobbs fragend über sein Zeitungsblatt hinüber nach ihm hinschielte.

»Hallo!« sagte er noch einmal.

Cedrik faßte sich ein Herz.

»Mr. Hobbs,« begann er, »wissen Sie noch, von was wir gestern vormittag gesprochen haben?«

»Hm, ja, von England dächt' ich.«

»Freilich, aber gerade als Mary hereinkam, wissen Sie das noch?«

Mr. Hobbs rieb sich den Hinterkopf.

»Wir diskurierten über die Königin und die ›'Ristokraten‹.«

»Ja,« sagte Cedrik zögernd, »und, und über die Grafen; wissen Sie noch?«

»Jawohl,« erwiderte Mr. Hobbs, »die kamen schlecht weg dabei, wie sich's gehört!«

Cedrik ward rot bis unter sein lockiges Stirnhaar, in solcher Verlegenheit hatte er sich im Leben noch nie befunden und dabei ängstigte ihn das Gefühl, daß die Sache auch für Mr. Hobbs nicht ohne Verlegenheit ablaufen werde.

»Ja, und Sie sagten,« fuhr er fort, »daß Sie keinen von den 'Ristokraten auf Ihren Biskuitkisten herumsitzen lassen würden.«

»Das will ich meinen!« bestätigte Mr. Hobbs seinen Ausspruch mit Ueberzeugung. »Soll nur 'mal einer kommen, dem werd' ich's zeigen.«

»Mr. Hobbs,« sagte Cedrik schüchtern, »es sitzt aber einer auf dieser Kiste!«

Um ein Haar wäre Mr. Hobbs vom Stuhle gefallen.

»Was?« rief er.

»Ja,« erklärte Cedrik in gebührender Demut, »ich bin einer oder werde wenigstens später einer werden. Ich will Sie nicht hintergehen.«

Mr. Hobbs sah ganz alteriert aus; er erhob sich plötzlich und sah nach dem Thermometer.

»Muß wohl so was wie ein Sonnenstich sein,« erklärte er, seinen kleinen Freund scharf ins Auge fassend. »Die Hitze ist auch danach! Hast du Schmerzen? Seit wann fühlst du den Zustand?«

Er legte seine breite Hand auf des Knaben Haupt, und dieser war mehr denn je in Verlegenheit.

»Danke, danke,« sagte Cedrik, »ich bin ganz wohl und in meinem Kopfe ist alles in Ordnung, Es thut mir ja so leid, aber alles, was ich Ihnen gesagt habe, ist wahr, Mr. Hobbs; deshalb hat mich ja Mary gestern geholt, und Mr. Havisham hat meiner Mama alles gesagt und er ist ein Advokat.«

Mr. Hobbs sank in seinen Sessel und trocknete sich die Stirn mit seinem Taschentuch.

»Einer von uns beiden hat den Sonnenstich!« rief er.

»Nein,« versetzte Cedrik, »sicher nicht. Wir müssen uns eben drein finden, Mr. Hobbs. Mein Großpapa hat Mr. Havisham den ganzen Weg von England herübergeschickt, um uns das alles zu sagen.«

Mr. Hobbs starrte ganz bestürzt in das unschuldige, ernsthafte, kleine Gesicht vor ihm.

»Wer ist dein Großvater?« fragte er endlich.

Cedrik griff in seine Tasche und zog mit großer Sorgfalt einen kleinen Papierstreifen hervor, auf welchem in großen, unbeholfenen Buchstaben etwas geschrieben stand.

»Ich habe mir's nicht recht merken können, deshalb hab' ich's aufgeschrieben,« sagte er und las langsam: »John Arthur Molyneux Errol Graf Dorincourt! So heißt er und er wohnt in einem Schloß – in ein paar Schlössern, glaub' ich. Und mein Papa, der gestorben ist, war sein jüngster Sohn; und ich wäre kein Graf geworden und kein Lord, wenn mein Papa nicht gestorben wäre, und mein Papa wäre auch kein Graf geworden, wenn seine beiden Brüder nicht gestorben wären. Aber die sind alle tot, und ist gar keiner da außer mir – kein Junge – deshalb muß ich der Graf werden, und mein Großpapa hat jemand geschickt, der mich nach England abholen soll.«

Mr. Hobbs schien es immer heißer zu werden, er wischte seine Stirn und seinen kahlen Schädel und schnaubte und pustete ganz fürchterlich. Daß hier ein sehr merkwürdiges Ereignis vorlag, fing an, ihm aufzudämmern, wenn er dann aber wieder den kleinen Jungen auf der Biskuitkiste ansah mit den ängstlichen, unschuldigen Kinderaugen, an dem so ganz und gar nichts verändert zu sein schien, sondern der ganz der nämliche hübsche, fröhliche kleine Kerl war in seinem schwarzen Röckchen mit der roten Krawatte, wie er am Tage vorher auch da gesessen, so überwältigte ihn diese Geschichte von Adel und Titeln immer wieder aufs neue, und weil Cedrik sie mit solcher Einfachheit und Unbefangenheit wiedergab, offenbar ohne sich selbst einen Begriff von ihrer Tragweite zu machen, steigerte sich seine Verblüffung immer mehr.

»Und, und wie hast du gesagt, daß du jetzt heißest?« fragte Mr. Hobbs.

»Cedrik Errol, Lord Fauntleroy,« erwiderte der arme kleine Edelmann.

»So nennt mich Mr. Havisham; als ich ins Zimmer trat, hat er gesagt: ›So, so, das ist also der kleine Lord Fauntleroy.‹«

»Da will ich mich doch gleich räuchern lassen!«

Dies war eine bei Mr. Hobbs in Fällen großer Gemütsbewegung sehr beliebte Redewendung, und in diesem aufregenden Moment fiel ihm eben gar nichts andres ein. Cedrik war auch weit entfernt, darin etwas Ungeeignetes zu sehen; seine Verehrung und Bewunderung für Mr. Hobbs waren so fest gegründet, daß er die Richtigkeit seiner Bemerkungen blindlings anerkannte, auch hatte er noch zu wenig von Gesellschaft gesehen, um zu wissen, daß Mr. Hobbs nicht gerade korrekt war. Daß er ganz anders war als seine Mama, fühlte er freilich, aber Mama war eben eine Dame, und daß Damen und Herren verschieden geartete Wesen, war ihm selbstverständlich.

Er sah Mr. Hobbs sehr ernsthaft an.

»England ist weit weg, nicht wahr?« fragte er.

»Ueberm Atlantischen Ozean drüben, einfach,« erläuterte Mr. Hobbs.

»Das ist das Schlimmste an der Sache,« sagte Cedrik traurig.
»Vielleicht sehe ich Sie da lange nicht mehr – mag gar nicht dran
denken, Mr. Hobbs.«
»Auch die besten Freunde müssen scheiden,« erwiderte Mr. Hobbs
feierlich.
»Wir sind nun schon viele, viele Jahre Freunde, nicht wahr?«
»Seit du auf der Welt bist. Sechs Wochen, schätz' ich, warst du alt, da
machtest du deinen ersten Ausflug auf die Straße.«
»Ach,« bemerkte Cedrik mit einem tiefen Seufzer, »damals dachte ich
noch nicht, daß ich einmal ein Graf werden sollte.«
»Du meinst also, es sei keine Möglichkeit, aus der Patsche zu
kommen?«
»Keine, fürcht' ich; Mama sagt, daß es Papas Wunsch sein würde, daß
ich gehe. Aber wenn ich auch ein Graf sein muß, so bleibt mir doch
eins – ich kann versuchen, ein recht guter zu werden; ein Tyrann werde
ich gewiß nicht. Und wenn wieder ein Krieg mit Amerika kommt, so
werde ich dem ein Ende machen, wenn ich kann.«
Es folgte nun eine eingehende, ernsthafte Besprechung mit Mr. Hobbs
über den politischen Gesichtspunkt der Sache. Nachdem der würdige
Mann den ersten Schreck überwunden hatte, zeigte er sich weit milder,
als zu erwarten gewesen, that sein Möglichstes, die Sache von der
guten Seite zu nehmen, und stellte eine Menge Fragen. Da Cedrik nur
einen kleinen Teil derselben beantworten konnte, suchte er dies selbst
zu vollbringen, und als er einmal im Zuge war, verkündigte er über
Erbrecht, Grafentitel und Familiengesetze Dinge, die Mr. Havisham in
großes Erstaunen gesetzt haben würden.
Mr. Havisham erlebte überhaupt viel Erstaunliches. Er hatte sein
ganzes Leben in England zugebracht, und amerikanische Sitten und
Menschen waren ihm vollkommen fremd. Seit beinahe vierzig Jahren
stand er in Geschäftsverbindung mit der Familie des Grafen
Dorincourt, kannte alle Verhältnisse und Besitztümer des Hauses aus-
und inwendig und empfand in seiner kühlen, geschäftsmäßigen Weise
ein gewisses Interesse für den kleinen Jungen, der einst Herr und
Gebieter über alles sein sollte. Alle Enttäuschungen, welche die älteren
Söhne dem Vater bereitet, hatte er miterlebt, hatte des Grafen
Entrüstung über Kapitän Cedriks Heirat mitangesehen und mußte, wie
der alte Herr die kleine Witwe haßte, und in welch bittern, harten
Worten er von ihr zu sprechen pflegte. Sie war in seinen Augen nun

ein für allemal nichts als eine ungebildete Amerikanerin, die seinen Sohn ins Netz gelockt, weil sie gewußt hatte, welch einer Familie er angehörte, und Mr. Havisham teilte diese Auffassung so ziemlich, denn er hatte ja im Leben genug käufliche und berechnende Seelen kennen gelernt, und von den Amerikanern hielt er ohnehin nicht viel.

Als der Kutscher ihn nach seiner Ankunft in die entlegene ärmliche Straße und vor das elende kleine Haus gefahren hatte, war er ganz entsetzt gewesen: daß der künftige Besitzer von Schloß Dorincourt und Wyndham Towers und Chorlworth und all den andern stattlichen Gütern hier geboren und groß gewachsen sein sollte, verletzte auch sein Selbstgefühl.

Er war sehr gespannt, welcher Art Mutter und Kind sein würden, und es bangte ihm vor der Begegnung: er war stolz auf das vornehme alte Haus, dessen Angelegenheiten so lange schon die seinigen waren, und es hätte ihn im Innersten peinlich berührt, wenn er mit einer niedrig denkenden, geldgierigen Frau zu thun bekommen hätte, die für ihres verstorbenen Mannes Stellung und Ehre kein Gefühl gehabt. Handelte es sich doch um einen alten Namen und um einen glänzenden, für den Mr. Havisham sich trotz aller Kühle und geschäftsmännischen Nüchternheit einer gewissen Ehrfurcht nicht erwehren konnte.

Als Mary ihn in den kleinen Salon geführt hatte, warf er einen kritischen Blick um sich. Die Einrichtung war einfach, aber wohnlich; nirgends waren geschmacklose, billige Spielereien oder Farbendrucke an den Wänden; der wenige Wandschmuck war durchaus künstlerischer Art und eine Menge hübscher Kleinigkeiten, die von weiblicher Hand herrührten, machten den Raum behaglich.

»So weit nicht übel,« sagte der alte Herr zu sich selbst, »da hat aber wohl des Kapitäns Geschmack den Ausschlag gegeben.« Als jedoch Mrs. Errol ins Zimmer trat, konnte er nicht umhin, zu denken, daß möglicherweise auch der ihrige maßgebend gewesen sein könnte. Wäre er nicht ein gar so steifer, zurückhaltender Geschäftsmann gewesen, so würde er vermutlich seine Ueberraschung bei ihrem Anblick nicht verborgen haben; sie sah in dem schlichten schwarzen Gewande, das sich eng um ihre zarte Gestalt schmiegte, weit eher wie ein junges Mädchen, als wie die Mutter eines siebenjährigen Jungen aus; ihr Gesichtchen war hübsch, und in den großen braunen Augen lag ein Blick voll Unschuld und Innigkeit, dabei aber auch von unsäglicher Traurigkeit, die nicht mehr von ihr gewichen war, seit sie ihren Mann verloren. Cedrik hatte sich ganz an die traurigen Augen gewöhnt, und zuweilen sah er sie doch auch fröhlich aufleuchten, das war aber nur, wenn er mit ihr spielte oder plauderte oder irgend etwas Altkluges sagte oder eins von den langen Fremdwörtern gebrauchte, die er bei Mr. Hobbs oder aus der Zeitung aufschnappte. Er gebrauchte gern so lange Wörter und er freute sich auch, wenn seine Mama darüber lachte, obwohl er nicht begriff, was sie daran komisch fand, denn ihm war es voller Ernst damit. Der Anwalt hatte in seiner langen Praxis Gesichter vom Blatt lesen gelernt und wußte auf den ersten Blick, daß er und der Graf sich mit ihren Voraussetzungen gründlich getäuscht hatten. Mr. Havisham war nie verheiratet, ja nicht einmal verliebt gewesen, aber er fühlte, das dies junge Geschöpf mit der süßen Stimme und den traurigen Augen Kapitän Errol geheiratet hatte, weil sie ihn mit aller Kraft ihrer Frauenseele geliebt, und daß sie auch nicht ein einzigmal daran gedacht hatte, wessen Sohn er sei. Und er wußte nun auch, daß sie ihm keine Schwierigkeiten bereiten werde, und daß möglicherweise dieser kleine Lord Fauntleroy seiner Familie nicht so viel Kummer machen werde, als man erwartet hatte; der Kapitän war ein hübscher Mann gewesen, die Mutter war sehr hübsch, vielleicht war der Junge auch zum Ansehen.

Als er Mrs. Errol die Veranlassung seines Kommens auseinandergesetzt hatte, ward sie leichenblaß.

»Ach,« sagte sie leise, »wird es nötig sein, ihn von mir zu trennen? Wir hängen so sehr aneinander! Er ist mein ganzes Glück, meine ganze Welt. Ich habe immer mein Bestes gethan, ihm eine gute Mutter zu sein!« Und die weiche junge Stimme zitterte, und Thränen traten in ihre Augen. »Sie wissen nicht, was das Kind mir gewesen ist,« setzte sie halblaut hinzu.

Der alte Herr räusperte sich.

»Es ist meine peinliche Pflicht, Ihnen zu sagen, daß Graf Dorincourt Ihnen nicht – nicht freundlich gesinnt ist. Der Graf ist alt und ein Mann von starken Vorurteilen; Amerika und die Amerikaner sind ihm stets besonders zuwider gewesen, weshalb ihn auch seines Sohnes Heirat so aufgebracht hat. Ich bedaure, der Ueberbringer eines so unerfreulichen Auftrages zu sein, allein der Graf ist entschlossen, Sie nicht zu sehen. Sein Wunsch ist, Lord Fauntleroy unter seiner persönlichen Aufsicht erziehen zu lassen, ihn bei sich zu haben; der Graf hängt sehr an Schloß Dorincourt und bringt den größten Teil des Jahres dort zu; er ist häufig schmerzhaften Gichtanfällen unterworfen und liebt London gar nicht; Lord Fauntleroy würde demzufolge also auch hauptsächlich in Dorincourt zu bleiben haben. Ihnen bietet der Graf als Wohnung ein Landhaus, Court Lodge, an, das in der Nähe von Dorincourt sehr hübsch liegt, selbstverständlich mit entsprechendem Jahreseinkommen. Lord Fauntleroy darf Sie besuchen, die einzige Beschränkung ist, daß Sie ihn nicht besuchen, den Park überhaupt nicht betreten: es wird also thatsächlich keine Trennung von Ihrem Sohne sein, und ich versichere Sie, gnädige Frau, daß diese Bedingungen unter den einmal gegebenen Verhältnissen recht günstig für Sie sind. Sie werden selbst einsehen, daß es für Lord Fauntleroy von großer Bedeutung ist, in solcher Umgebung aufzuwachsen und eine derartige Erziehung zu genießen.«

Es war Mr. Havisham etwas unbehaglich zu Mute, da er eine Szene oder wenigstens einen Thränenausbruch vorhersah und es zum Peinlichsten für ihn gehörte, Frauen weinen zu sehen. Nichts derart erfolgte; die junge Frau trat ans Fenster und sah einige Augenblicke hinaus, um sich zu fassen und zu sammeln.

»Kapitän Errol hing sehr an Dorincourt,« sprach sie endlich, »Er liebte sein Vaterland und seine Heimat und es war ihm immer schmerzlich, daraus verbannt zu sein. Er war stolz auf sein Elternhaus und seinen Namen. Sein Wunsch wäre es, das weiß ich, daß sein Sohn das schöne, stolze Heim kennen lernen und seiner künftigen Stellung gemäß erzogen werden sollte.«

Sie trat wieder zum Tische und blickte unendlich sanft und ergeben zu Mr. Havisham auf.

»Mein Mann würde es so haben wollen,« sagte sie einfach, »und es wird wohl für den Knaben das Richtige sein. Ich weiß – ich bin überzeugt, daß der Graf nicht so grausam sein wird, mir des Kindes Liebe entziehen zu wollen, und ich weiß auch, daß, selbst wenn er das thun wollte, mein Junge viel zu sehr seinem Vater ähnlich ist, um sich beeinflussen zu lassen: er hat viel Gemüt und ein treues, liebes Herz. Er würde mich lieb haben, auch wenn er mich nicht sehen könnte, und solange wir uns hin und wieder sehen dürfen, werde ich's ja wohl ertragen können.«

»Sie denkt nicht viel an sich selbst,« bemerkte der Advokat im stillen. »Sie stellt keinerlei Bedingungen für ihre Person.«

»Gnädige Frau,« sprach er dann,»ich weiß Ihre selbstlose Rücksicht auf Ihren Sohn zu schätzen, und er selbst wird Ihnen einst als Mann Dank dafür wissen. Ich kann Ihnen die Versicherung geben, daß Lord Fauntleroy die sorgfältigste Pflege und Erziehung genießen wird, und daß Graf Dorincourt ihn so ängstlich behüten wird, wie nur Sie selbst es könnten.«

»Ich hoffe nur,« sagte die weichherzige kleine Mutter mit erstickter Stimme,»daß sein Großvater Ceddie lieb haben wird. Er hat ein weiches, zärtliches Herz und ist an viel Liebe gewöhnt.«

Mr. Havisham mußte sich abermals räuspern; er konnte sich nicht recht vorstellen, daß der jähzornige, hochfahrende, rücksichtslose alte Herr in seinem Gichtstuhl irgend jemand lieb haben könnte, allein er wußte ja, daß es in dessen Interesse lag, auf seine mürrische Art und Weise gut zu sein gegen seinen künftigen Erben, und er wußte überdies, daß, im Falle das Kind seinem Namen Ehre machte, der Graf stolz auf den Jungen sein würde.

»Lord Fauntleroy wird nichts entbehren, dessen bin ich gewiß,« versetzte er;»einzig in Rücksicht auf das Glück des Kindes wünschte der Graf, daß Sie nahe genug leben, um ihn täglich zu sehen.«

Mr. Havisham hielt es nicht für angemessen, die Ausdrücke, in welchen der Graf diesen Beschluß motiviert hatte, hier wörtlich zu wiederholen, sondern zog es vor, seines Auftraggebers Anerbieten in eine höflichere und mildere Form zu kleiden.

Von neuem wurde ihm etwas bänglich zu Mute, als Mrs. Errol Mary hereinrief und ihr den Befehl erteilte, den Jungen zu suchen.

»Wird nicht schwer zu finden sein,« erklärte diese,»der sitzt bei Mr. Hobbs an der Ecke auf dem hohen Stuhle an der Kasse und schwatzt von Politik oder thut sich sonstwie herum amüsieren unter der Seife oder den Lichtern oder derlei Zeug, seelenvergnügt wie alleweil.«

»Mr. Hobbs kennt ihn, seit er auf der Welt ist,« erklärte Mrs. Errol.»Er ist sehr gütig gegen Ceddie und die beiden sind große Freunde.«

Zufällig hatte Mr. Havisham im Vorüberfahren einen Blick auf das nicht sehr elegante Geschäft mit den offnen Kartoffelsäcken, Apfelfässern und dem hunderterlei Krimskrams geworfen und fühlte nun von neuem ernste Zweifel in sich aufsteigen. In England pflegen die Kinder vornehmer Eltern keinen Verkehr in Kramläden zu haben, und die Sache kam ihm nicht unbedenklich vor. Schlechte Manieren und Hang zu untergeordneter Gesellschaft wären höchst mißlich an dem Jungen; denn gerade die Neigung zu niedrigem Verkehr hatte den Grafen an seinen beiden ältesten Söhnen so tief verletzt. War es denkbar, daß der Junge derartige Anlagen von seinen Onkeln überkommen hätte statt der liebenswürdigen Eigenschaften des Vaters?

In großer innerer Unruhe setzte er sein Gespräch mit Mrs. Errol fort, bis das Kind kam, und als die Thür aufging, scheute Mr. Havisham sich förmlich, einen Blick auf Cedrik zu werfen. Für viele Leute, die den trefflichen Mann im Leben lange kannten, wäre es äußerst interessant gewesen, zu beobachten, was in ihm vorging, als er den Jungen auf seine Mutter zueilen sah – der Umschlag in seinen Gefühlen war derart, daß er ihn förmlich erschütterte. Im ersten Augenblick erkannte er, daß der kleine Geselle hübscher und vornehmer war, als er je einen gesehen, und dabei hatte seine Erscheinung etwas ganz Eigenartiges. Die kleine Gestalt war voll Anmut, Kraft und Energie; sein Köpfchen trug er hoch, und in der ganzen Haltung lag eine gewisse Tapferkeit; seinem Vater sah er überraschend ähnlich; von ihm hatte er das goldne Lockenhaar, von der Mutter die großen braunen Augen, nur daß in den seinigen auch kein Schimmer von Schüchternheit oder Trauer lag, sondern sie so unschuldig und unerschrocken in die Welt hineinschauten, als sollte ihr Träger Furcht und Sorge nie kennen lernen.

»Der hübscheste kleine Bursche, den ich je gesehen habe, und Rasse hat der Junge,« dachte Mr. Havisham bei sich, während er nichts verlauten ließ als die Worte:» Also das ist der kleine Lord Fauntleroy?« Und je häufiger er diesen Lord Fauntleroy sah und um sich hatte, desto mehr steigerte sich sein Erstaunen; er hatte zwar in England reichlich Gelegenheit gehabt, Kinder zu sehen, hübsche, rosige kleine Mädchen und Knaben, die von Erzieherinnen und Hauslehrern korrekt am Gängelbande geführt wurden und die zum Teil scheu und schüchtern, zum Teil sehr geräuschvoll und zudringlich waren, allein großes Interesse hatten sie alle dem förmlichen, ernsthaften Advokaten nicht abgewonnen, und so hatte er in Wirklichkeit sehr wenig Erfahrung in Bezug auf kleine Leute. Vielleicht machte ihn sein persönliches Interesse an Lord Fauntleroys Geschick mehr zur Beobachtung geneigt! aber wie dem auch sei, er fand sehr viel Bemerkenswertes an dem Knaben.

Cedrik hatte keine Ahnung davon, daß er ein Gegenstand der Beobachtung war, und gab sich ganz wie immer. Mit seiner gewöhnlichen Herzlichkeit streckte er Mr. Havisham sein Händchen hin, als er ihm vorgestellt wurde, und antwortete auf alle Fragen mit der nämlichen Freimütigkeit und Unbefangenheit, die in seinem Verkehr mit Mr. Hobbs herrschten.

Er war weder schüchtern noch keck, und dem Advokaten fiel auf, daß er seinem Gespräch mit Mrs. Errol mit der vollen Aufmerksamkeit eines Erwachsenen folgte.

»Scheint ein frühreifes Kind zu sein,« bemerkte er gegen die Mutter.

»In manchen Beziehungen, ja,« erwiderte sie. »Er hat immer rasch begriffen und schnell gelernt und auch sehr viel mit Erwachsenen gelebt. Sehr komisch ist seine Vorliebe, allerhand lange Wörter oder Redensarten, die er irgendwo gelesen, wieder anzubringen; aber er hat auch ebensoviel Freude an Kinderspielen. Er ist ziemlich begabt, glaube ich, dabei aber ein richtiger wilder Junge.«

Bei seiner nächsten Begegnung mit ihm hatte Mr. Havisham Gelegenheit, sich von der Richtigkeit dieses Ausspruches zu überzeugen. Als am Tage darauf sein Coupé in die Straße einbog, fiel ihm plötzlich eine Gruppe kleiner Jungen in die Augen, die sichtlich in großer Erregung waren. Zwei davon standen im Begriff, einen Wettlauf zu unternehmen, und in einem derselben erkannte Mr. Havisham den jungen Lord, der an Kreischen und Lärmen keineswegs hinter seinen Kameraden zurückblieb. Er stand neben seinem Rivalen, das eine Bein im roten Strumpf schon sprungbereit ausgestreckt.

»Auf ›eins‹ macht euch fertig,« rief der Starter mit gellender Stimme, »zwei – tretet vor – auf drei – los!«

Mr. Havisham fand das Interesse, mit dem er sich aus dem Wagenfenster beugte, selbst äußerst komisch; aber er hatte auch wirklich in seinem Leben nichts gesehen, wie die Art und Weise, in der die roten Beine Seiner kleinen Herrlichkeit in die Luft flogen, nachdem er sich auf das gegebene Zeichen in Bewegung gesetzt hatte. Die Händchen hielt er fest geschlossen, den Oberkörper vorgebeugt und seine blonde Mähne flog um ihn her.

»Hurra, Ced Errol!« brüllten die Jungens unter lautem Händeklatschen.

»Hurra, Billy Williams! Hurra, Ceddie! Hurra, Bill! Hurra–ra–ra!«

»Ich glaube wahrhaftig, er gewinnt!« sagte Mr. Havisham, der wirklich nicht ohne Erregung die roten Beine auf und nieder fliegen sah, denen die gar nicht zu verachtenden braunen von Billy in bedenklicher Nähe folgten.»Ich möchte wahrhaftig – ich wünsche, daß er den Sieg davonträgt,« setzte er mit einem entschuldigenden Husten hinzu.

In diesem Augenblick erklang ein wildes, gellendes Geschrei aus den Kinderkehlen; mit einem letzten gewaltigen Satze hatte der künftige Graf Dorincourt den Laternenpfahl umfaßt, den sein keuchender Gegner erst ein paar Sekunden später erreichte.

»Dreimal hoch, Ceddie Errol!« brüllte die kleine Schar.»Hurra, Ceddie Errol.«

Mr. Havisham lehnte sich mit befriedigtem Lächeln in sein Wagenkissen zurück

»Bravo, Lord Fauntleroy,« sagte er.

Als das Coupé vor Mrs. Errols Hause hielt, kamen Sieger und Besiegter inmitten des Kinderhaufens einträchtiglich des Weges daher, und Cedrik redete eifrig auf Billy Williams ein. Sein siegesbewußtes kleines Gesicht war dunkelrot, die blonden Locken klebten an der feuchten Stirn, die Händchen steckten tief in den Taschen.

»Siehst du,« sagte er eben,»ich glaube, daß ich gewonnen habe, weil meine Beine ein bißchen länger sind als die deinigen. Ich glaube ganz sicher, daß es daher kommt, und dann, weißt du, bin ich auch drei Tage älter als du, und das ist auch ein Vorteil. Drei Tage bin ich älter.«

Diese Darstellung der Sachlage schien auf Billy Williams so erheiternd zu wirken, daß ihm die Welt wieder erträglich vorkam und er sogar wieder ein wenig zu schwindeln anfing, gerade als ob er die Wette gewonnen und nicht verloren hätte. Ceddie Errol bewährte auch hier wieder sein Talent, andre vergnügt zu machen; sogar im ersten Feuer des Triumphes übersah er nicht, daß dem unterliegenden Teile wohl minder fröhlich ums Herz sein möchte, und daß es dem andern ein Trost sein könnte, in äußeren Umständen die Ursache seiner Niederlage zu sehen.

Mr. Havisham hatte an diesem Morgen noch eine lange Unterredung mit dem kleinen Sieger, in deren Verlauf er mehr als einmal lächelte und sein Kinn mit der mageren Hand rieb.

Mrs. Errol war abgerufen worden, und Cedrik und der Advokat blieben miteinander allein; anfangs zerbrach sich Mr. Havisham ein wenig den Kopf, was er mit seinem jugendlichen Gefährten anfangen solle; es schwebte ihm dunkel vor, daß es vielleicht am besten wäre, ihn auf die Begegnung mit seinem Großvater und die ihm bevorstehende große

Veränderung ein wenig vorzubereiten. Daß Cedrik von dem Leben, das ihn in England erwartete, und von seinem künftigen Daheim keinerlei Begriff hatte, war klar, sogar daß seine Mutter nicht unter einem Dache mit ihm wohnen würde, wußte er nicht; Mrs. Errol hielt es für besser, ihm diese Schreckenskunde vorläufig zu ersparen.

Mr. Havisham saß in einem Lehnstuhle am offnen Fenster, dem gegenüber stand ein noch größerer, in welchem Cedrik saß und Mr. Havisham unverwandt anblickte. Er hatte sich ganz zurück gesetzt in dem für sein kleines Gestältchen ungeheuren Fauteuil, das lockige Köpfchen schmiegte sich in die Kissen, die Beine waren übereinander gelegt, die Hände steckten wieder tief in den Taschen und die ganze Haltung war entschieden frei nach Mr. Hobbs. Schon als seine Mama noch im Zimmer gewesen war, hatte er Mr. Havisham sehr genau beobachtet, und nachdem sie hinausgegangen war, fuhr er fort, ihn mit einer Art von Andacht anzublicken; ein Schweigen entstand, und der alte Herr und der kleine Junge schienen sich mit gegenseitigem Interesse zu studieren. Was er jedoch mit einem Jungen, der Rennen gewann, Pumphöschen trug und dessen rotbestrumpfte Beine nicht über den Stuhlsitz herunterreichten, sprechen sollte, darüber kam Mr. Havisham nicht so leicht mit sich ins reine, bis Cedrik ihm plötzlich aus der Verlegenheit half, indem er die Konversation eröffnete.

»Ich weiß gar nicht, was ein Graf ist,« bemerkte er ernsthaft.

»Wirklich nicht?« erwiderte Mr. Havisham.

»Nein, und wenn man einmal einer werden muß, sollte man das doch wissen, meinen Sie nicht auch?«

»Allerdings – gewiß,« gab Mr. Havisham zur Antwort.

»Würden Sie nicht so gut sein und mir das auseinandersetzen?« bat Ceddie sehr respektvoll, wobei er nur einige Silben verschluckte, was ihm bei den beliebten langen Wörtern des öftern vorkam. »Wer hat ihn denn zu einem Grafen gemacht?«

»In erster Linie ein König oder eine Königin,« sagte Mr. Havisham. »Gewöhnlich erhält er den Titel zur Belohnung für irgend einen bedeutenden Dienst, den er seinem Landesherrn leistet, oder sonst eine große That.«

»O!« sagte Cedrik. »Das ist also wie der Präsident.«

»Meinst du?«

»Ja gewiß,« versicherte Ceddie freudig. »Wenn jemand sehr gut ist und sehr viel weiß, dann wird er Präsident. Dann gibt es einen Fackelzug und Musik und viele Reden. Manchmal habe ich gedacht, ich möchte wohl Präsident werden; Graf zu werden, daran habe ich nie gedacht: ich wußte ja nichts davon,« setzte er eilig hinzu, besorgt, Mr. Havisham könnte es ihm verargen.

»Die Sache ist doch ziemlich verschieden von einer Präsidentenwahl.«

»Weshalb?« fragte Cedrik. »Gibt es keinen Fackelzug?«

Mr. Havisham schlug nun gleichfalls die Beine übereinander und legte mit außerordentlicher Sorgfalt die Fingerspitzen der beiden Hände aufeinander; er hielt die Zeit für gekommen, den Gegenstand etwas eingehender zu erörtern.

»Ein Graf ist – ist eine sehr einflußreiche Persönlichkeit,« begann er.

»O, ein Präsident auch,« fiel ihm Ceddie ins Wort. »Der Fackelzug, der ist immer fünf Meilen lang und Raketen steigen und Musik spielt.«

»Ein englischer Graf,« fuhr Mr. Havisham ziemlich unsicher fort, »gehört jedenfalls einem sehr alten Geschlechte an, denn –«

»Was heißt das?« forschte Ceddie.

»Er ist von alter, sehr alter Familie.«

»Ach!« sagte Cedrik und seine kleinen Hände versanken noch tiefer in seine Taschen. »Da ist die Apfelfrau beim Park wahrscheinlich auch von sehr alter Familie. Ja, ganz gewiß ist sie von uraltem Geschlecht, denn die ist so alt, so alt, ach, Sie würden sich wundern, daß sie nur noch stehen kann, und doch sitzt sie immer draußen, sogar wenn es regnet. Sie thut mir so leid und den andern Jungen auch, einmal hat Billy Williams beinahe einen Dollar gehabt, und da habe ich ihm gesagt, er solle ihr jeden Tag um fünf Cents Aepfel abkaufen, bis sein Geld alle sei, das hätte für zwanzig Tage gereicht, aber schon nach acht Tagen kriegte er Aepfel über. Aber damals – das traf sich gut – schenkte mir ein Herr fünfzig Cents, und nun konnte ich an seiner Statt Aepfel kaufen. Es thut einem doch so leid, wenn jemand so arm ist und von so altem Geschlecht; das ihrige, sagt sie, ist ihr in die Knochen gefahren, und wenn Regenwetter ist, thun sie ihr sehr weh.«

Mr. Havisham blickte in einiger Verlegenheit in das ernsthafte, unschuldige Gesicht seines kleinen Gegenüber.

»Ich fürchte, du hast mich nicht ganz verstanden,« fuhr er fort. »Wenn ich von altem Geschlecht spreche, so meine ich damit nicht hohes Alter der Personen, sondern daß der Name einer solchen Familie lange bekannt ist.

29

Vielleicht Hunderte von Jahren sind Männer, die diesen Namen trugen, in der Geschichte ihres Landes genannt und gefeiert worden.«

»Wie George Washington,« ergänzte Ceddie. »Von dem habe ich gehört, seit ich auf der Welt bin, und lange vorher wußte man schon von ihm, und Mr. Hobbs sagt, er wird gar nie vergessen werden.«

»Der erste Graf Dorincourt,« erklärte Mr. Havisham mit einer gewissen Feierlichkeit, »empfing den Titel eines Grafen vor vierhundert Jahren.«

»Ach, das ist lange her! Himmel, was für eine lange Zeit. Haben Sie das Herzlieb auch erzählt? Das wird sie ›'tressieren‹. Wenn sie hereinkommt, müssen wir ihr das gleich sagen; sie hört so gern Kuriositäten. Aber was thut denn ein Graf noch außerdem, daß er den Titel bekommt?«

»Viele haben England regieren helfen, andre sind tapfre Krieger gewesen, die in großen Schlachten gefochten haben.«

»Das möchte ich auch,« rief Cedrik begeistert. »Mein Papa war ein Soldat und sehr tapfer – so tapfer wie George Washington. Vielleicht wäre er auch deshalb ein Graf geworden, wenn er nicht gestorben wäre. Ich bin so froh, daß Grafen tapfer sind. Früher, da habe ich mich manchmal gefürchtet, im Dunkeln, wissen Sie, aber da war ich auch noch sehr klein, und wenn ich dann an die Soldaten in der Rev'lution und an George Washington gedacht habe, da habe ich mich geschämt.«

»Ein Graf zu sein, hat hier und da noch andre Vorzüge,« sagte Mr. Havisham bedächtig und faßte den kleinen Lord mit einem eigentümlichen Ausdruck ins Auge. »Es gibt Grafen, die sehr viel Geld haben.«

Er war gespannt, ob der kleine Mann da vor ihm schon einen Begriff von der Macht des Geldes habe.

»Viel Geld haben ist sehr nett,« sagte Ceddie harmlos. »Ich wollte, ich hätte viel Geld.«

»Wirklich? Und wozu denn?«

»Ach, wenn man Geld hat, kann man eine Menge Dinge thun. Da ist gleich die Apfelfrau, zum Beispiel; wenn ich reich wäre, würde ich ihr ein Zelt kaufen über ihrem Stand und einen kleinen Ofen, und wenn's regnet, würde ich ihr einen Dollar geben, dann könnte sie zu Hause bleiben. Und dann – oh, einen Shawl würde ich ihr auch geben, und dann thäten ihr die Knochen lange nicht mehr so weh. Sie hat ja nicht Knochen wie wir, ihr thun alle weh, wenn sie sich nur rührt, das ist sehr schlimm, wissen Sie. Wenn ich aber so reich wäre, daß ich ihr all das kaufen könnte, dann, glaube ich, würden ihre Knochen ganz gesund!«

»Aha!« bemerkte Mr. Havisham. »Und was würdest du denn sonst noch thun, wenn du reich wärest?«

»O noch so vieles, vieles! Natürlich würde ich Herzlieb schöne Sachen kaufen, Nadelbücher und Fächer und goldne Fingerhüte und Ringe und Konv'ationslexikon und eine Kutsche, damit sie nicht im Om'ibus fahren muß. Wenn sie ein rosa Seidenkleid haben möchte, würd ich ihr auch eins kaufen, aber sie will immer nur schwarze Kleider haben, aber ich würde sie doch in alle die großen schönen Läden führen und sie müßte sich etwas auswählen. Und dann Dick.«

»Wer ist denn Dick?« fragte Mr. Havisham.

»Dick ist Schuhputzer,« erläuterte Seine kleine Herrlichkeit, sich mehr und mehr für seine eignen Plane erwärmend. »Er ist ein so netter Schuhputzer, Sie können sich gar nicht denken, wie nett! Er steht an einer Straßenecke drunten, wo's in die Stadt geht, und ich kenne ihn schon lange, lange. Einmal, als ich noch ein ganz kleiner Junge war, bin ich mit Herzlieb ausgegangen, und sie hat mir einen wunderschönen Ball gekauft, der sehr hoch sprang, und plötzlich sprang er mitten hinein in die Straße unter Wagen und Pferde und ich war so erschrocken, daß ich zu weinen anfing – ich war damals noch sehr klein,« setzte er entschuldigend hinzu – »und Dick putzte eben einem Herrn die Schuhe und da rief er ›hallo‹! und rannte mitten hinein unter die Pferde und holte meinen Ball und wischte ihn an seinem Rock ab und gab ihn mir und sagte: ›Sei nur ruhig, Kleiner.‹ Herzlieb fand das sehr schön von ihm und ich auch, und seitdem sprechen wir immer mit ihm, wenn wir in die Stadt gehen. Er sagt ›hallo!‹ und ich sage ›hallo!‹ und dann plaudern wir eine Weile und er erzählt uns, wie sein Geschäft geht, schlecht genug ist's gegangen in letzter Zeit.«

»Und was möchtest du denn für diesen Dick thun?« forschte der Advokat und rieb sein Kinn mit einem sonderbaren Lächeln.

»O,« sagte Lord Fauntleroy, sich mit einer sehr wichtigen Geschäftsmiene in seinem Stuhle zurechtrückend, »ich würde Jack ausbezahlen.«

»Und wer ist denn Jack?« fragte Mr. Havisham.

»Er ist Dicks Kompagnon, und einen schlimmeren kann man nicht auf dem Halse haben, sagt Dick.

Der Bursche verdirbt das Geschäft, denn er bemogelt, und dann, sagt Dick, komme er außer Rand und Band. Sie würden gewiß auch wütend werden, wenn Sie den ganzen Tag Schuhe putzen würden, so fleißig und so gut als möglich und immer ehrlich dabei wären und Ihr Partner würde bemogeln – pfui! Alle Leute mögen Dick leiden, aber kein Mensch mag Jack leiden, und deshalb bleiben manche Kunden weg. Wenn ich reich wäre, würde ich Jack ausbezahlen und Dick ein Meisterzeichen kaufen. Er sagt, mit einem Meisterzeichen kann man's weit bringen, und dann würde ich ihm auch neue Kleider kaufen und neue Bürsten und würde ihm unter die Arme greifen. Er sagt, wenn man einem Menschen nur anfangs unter die Arme greift, dann geht alles wie geschmiert.«

Seine kleine Herrlichkeit trug diese Geschichte mit einer rührenden Unbefangenheit und Zutraulichkeit vor, wiederholte die Redensarten seines Freundes mit harmlosem Selbstgefühl und setzte unbedingt bei seinem Zuhörer den wärmsten Anteil an den Verhältnissen des jungen Schuhputzers voraus. Und in der That wuchs Mr. Havishams Interesse bei jedem Worte, was freilich vielleicht weniger Dick oder der alten Apfelfrau als dem warmherzigen kleinen Lord galt, in dessen Köpfchen unter dem goldnen Lockenbusch so viel Pläne fürs Wohl seiner Freunde steckten, der dabei nur einen zu vergessen schien, und zwar sich selbst.

»Und was würdest du denn dir kaufen, wenn du reich wärest?«

»Ach, eine ganze Masse Sachen!« versetzte Ceddie frischweg. »Aber erst würde ich der Mary Geld geben für ihre Bridget, das ist ihre Schwester, die zwölf Kinder hat und einen Mann, der nichts verdient. Sie kommt oft zu uns und weint, und Herzlieb gibt ihr dann viele Sachen in ihren Korb und dann weint sie wieder und sagt: ›Gott vergelt's Madame; ach, so eine gute Dame.‹ Mr. Hobbs, glaube ich, der würde sich sehr freuen, wenn ich ihm zum Andenken an mich eine goldne Uhr geben könnte und eine Kette daran und eine Meerschaumpfeife. Und dann möchte ich eine Compagnie haben.«

»Eine Compagnie?« rief Mr. Havisham.

»Jawohl, eine ganz richtige Compagnie,« erklärte Ceddie, der ganz aufgeregt wurde, »Fackeln und Uniformen und Gewehre und so Sachen möchte ich haben für all die Jungens und auch für mich – dann würden wir marschieren und exzieren! Das macht' ich für mich, wenn ich reich wäre!«

Die Thür ging auf und Mrs. Errol kam wieder herein.

»Ich bedaure, so lange aufgehalten worden zu sein,« entschuldigte sie sich gegen Mr. Havisham, »eine arme Frau, die in großer Not ist, wollte mich sprechen.«

»Mein junger Freund hier hat mir indessen viel erzählt von seinen Bekannten und von dem, was er für sie thun möchte, wenn er reich wäre.«

»Bridget gehört auch in seinen Freundeskreis,« versetzte Mrs. Errol, »sie ist eben bei mir gewesen, in der Küche. Die armen Leute sind übel daran; ihr Mann hat ein rheumatisches Fieber.«

Cedrik kletterte aus seinem Lehnstuhle hervor.

»Ich glaube, ich muß auch nach ihr sehen,« sagte er, »und nach ihrem Manne fragen. Er ist sehr nett, der Mann, wenn er gesund ist, und hat mir einmal ein hölzernes Schwert gemacht; er ist sehr talentvoll.«

Damit lief er zum Zimmer hinaus und Mr. Havisham erhob sich. Er schien geneigt, eine Mitteilung zu machen, zögerte aber noch einen Augenblick, ehe er sich an Mrs. Errol wandte.

»Vor meiner Abreise von Schloß Dorincourt hatte ich eine Unterredung mit Mylord, in deren Verlauf er mir verschiedene Verhaltungsmaßregeln gab. Sein Wunsch ist, daß sein Enkel dem künftigen Leben in England und auch der Begegnung mit ihm selbst mit Vergnügen und freudigen Erwartungen entgegensehen solle. Er hat mir ausdrücklich gesagt, daß ich Seine Herrlichkeit von der Umwandlung seiner Verhältnisse in Kenntnis setzen solle und ihm mitteilen, daß ihm Geld und jegliches Vergnügen, das seinem Alter angemessen, zur Verfügung stehe; er hat mir außerdem den Auftrag erteilt, jeden Wunsch des Knaben zu erfüllen und ihm dabei zu sagen, daß es sein Großvater sei, der ihm diese Freuden bereite. Nun bin ich mir allerdings wohl bewußt, daß der Graf hierbei ganz andre Dinge im Sinne hatte; wenn jedoch Lord Fauntleroy Freude daran findet, der armen Frau zu helfen, so würde es nicht in der Absicht meines Auftraggebers liegen, ihm dies Vergnügen zu versagen.«

Es war das zweite Mal, daß Mr. Havisham die Wünsche des Grafen in einer Umschreibung wiedergab. Seine Herrlichkeit hatte gesagt: »Der Junge soll wissen, daß ich ihm geben kann, was sein Herz begehrt; er soll merken, was es heißt, der Enkel des Grafen Dorincourt sein. Kaufen Sie ihm, was ihm einfällt, stecken Sie ihm die Taschen voll Geld und sagen Sie ihm, daß es von seinem Großvater komme.«

Die Motive dieser Großmut waren nichts weniger als rein, und wenn es sich um ein minder liebevolles, warmherziges Kind gehandelt hätte, würde das Experiment vielleicht schlimm ausgefallen sein. Cedriks Mutter ahnte keinerlei Gefahr; sie dachte einfach, daß ein einsamer, unglücklicher alter Mann, der seinen Kindern hatte ins Grab blicken müssen, ihrem Jungen Liebe erweisen und seine Neigungen gewinnen wollte. Dabei freute sie sich, daß Cedrik der armen Frau sollte helfen können, und es ward ihr leichter ums Herz bei dem Gedanken, daß die erste Wirkung dieser seltsamen Wandlung ihres Geschickes die sein sollte, daß ihr Kind andern helfen und beistehen konnte, und ein warmes Rot stieg in ihr hübsches, schmales Gesicht.

»O,« sagte sie, »das war sehr gütig von dem Grafen, und wie wird Cedrik sich freuen! Er hing immer sehr an dieser Bridget und ihrem Manne; die Leute sind einer Unterstützung würdig, und es hat mir oft weh gethan, daß ich nicht mehr geben konnte. Der Mann ist ein tüchtiger Arbeiter, aber nun war er lange krank und hat kostspielige Arzneien und allerhand Stärkung nötig gehabt.«

Mr. Havisham zog seine Brieftasche hervor und öffnete sie langsam mit einem eigentümlichen Lächeln. Er überlegte sich im stillen, was der Graf wohl über diesen ersten, seinem Enkel gewährten Wunsch denken werde, und war nicht sehr im klaren, wie der mürrische, egoistische Herr diese Deutung seines Auftrages auffassen werde.

»Ich weiß nicht, gnädige Frau,« fuhr er fort, »ob Ihnen genau bekannt ist, daß der Graf Dorincourt ein ungemein reicher Mann ist und vollkommen in der Lage, jede Laune zu befriedigen. Er wäre ohne Zweifel ganz damit einverstanden, daß Lord Fauntleroys Einfälle ausgeführt werden. Darf ich Sie bitten, ihn hereinzurufen, ich werde ihm fünf Pfund für die Leute geben.«

»Fünfundzwanzig Dollar!« rief Mrs. Errol. »Das ist ja ein Vermögen für die Frau, das kann ich kaum glauben!«

»Glauben Sie es immerhin und gewöhnen Sie sich an den Gedanken, daß im Leben Ihres Knaben ein Wendepunkt eingetreten ist, und daß von jetzt ab viel Macht in seine Hände gegeben sein wird.«

»Ach, und er ist noch so jung – noch solch ein ganzes Kind! Wie soll ich ihn lehren, sie segensreich zu gebrauchen? Ich erschrecke fast davor – mein kleiner, guter Herzensjunge.«

Der Advokat hatte abermals das Bedürfnis, sich zu räuspern, es war merkwürdig, wie der ängstliche, schüchterne Blick dieser braunen Augen sein verknöchertes Herz rührte.

»Wenn ich aus der Unterredung, die ich heute früh mit Lord Fauntleroy gehabt, schließen darf, gnädige Frau, so möchte ich vorhersagen, daß der künftige Herr von Dorincourt mindestens ebensoviel an andre als an seine Person denken wird. Er ist freilich nur ein Kind, aber meiner Ansicht nach, in dem Punkte zuverlässig.«

Die Mutter ging, Cedrik zu holen, und brachte ihn ins Wohnzimmer. Vor der Thüre hörte Mr. Havisham ihn laut reden.

»Entzündlichen Rheu'tismus hat er,« sagte er, »und das ist eine besonders schreckliche Art von Rheu'tismus, Und er denkt immer an die Hausmiete, die nicht bezahlt ist, und Bridget sagt, das mache die Entzündlichkeit viel schlimmer. Pat könnte eine Stelle kriegen in einem Laden, aber er hat keine anständigen Kleider.«

Das kleine Gesicht war noch ganz bekümmert, als er hereinkam; offenbar thaten ihm seine Schützlinge sehr leid.

»Herzlieb sagt, Sie wollen etwas von mir,« wandte er sich an Mr. Havisham. »Ich habe nur mit Bridget gesprochen.«

Mr. Havisham sah ihn freundlich an, fühlte sich aber einigermaßen verlegen und ungeschickt; wie die Mutter gesagt hatte, war er doch noch ein sehr kleiner Junge.

»Der Graf Dorincourt,« begann er und warf dann unwillkürlich einen hilfesuchenden Blick auf Mrs. Errol.

Plötzlich kniete die Mutter an der Seite des kleinen Lord und schlang zärtlich die Arme um seine schlanke kleine Gestalt.

»Herzenskind, der Graf, siehst du, ist dein Großvater – deines Papas Vater, und er ist sehr, sehr gütig und hat dich lieb und möchte, daß du ihn auch lieb hättest, jetzt, wo alle drei Söhne tot sind, die einst seine kleinen Jungen waren. Er möchte dich glücklich wissen und möchte, daß du andre glücklich machst, und er ist sehr reich und will, daß du alles haben sollst, was du dir wünschest. Das hat er Mr. Havisham gesagt und hat ihm viel, viel Geld für dich gegeben. Wenn du nun willst, so darfst du Bridget so viel geben, daß sie ihre Miete bezahlen und ihrem Manne alles kaufen kann, was er braucht – ist das nicht herrlich, Ceddie? Ist der Großpapa nicht gut?« Und sie küßte das Kind auf seine runden Wangen, deren Farbe vor lauter Freude und Aufregung immerfort wechselte.

»Kann ich das Geld jetzt gleich haben?« rief er. »Darf ich's ihr jetzt geben? Sie will eben gehen.«

Mr. Havisham händigte ihm die Summe ein, und er stürmte aus dem Zimmer.

»Bridget,« hörte man ihn jubelnd rufen. »Bridget, so warte doch. Hier ist Geld, das gehört dir, jetzt kannst du deine Miete zahlen. Mein Großpapa hat es mir gegeben für dich und Michael!«

»O Master Ceddie,« stotterte Bridget ganz überwältigt. »Das sind ja fünfundzwanzig Dollar. Wo ist die Mrs. Errol?«

»Ich werde wohl selbst gehen müssen und ihr die Sache klar machen,« sagte Mrs. Errol.

Mr. Havisham blieb allein, und seine Gedanken flogen zurück zu dem heftigen, egoistischen Greise, der sein lebenlang nicht Zeit gefunden hatte, an etwas andres zu denken als an sich und sein Vergnügen, und der nun als alter Mann keine Menschenseele um sich hatte, die ihm zugethan war. Und daneben stellte sich ihm in scharfem Gegensatze das Bild des hübschen, frischen Jungen dar, wie er in seinem Stuhle gesessen und von Dick und seinen andern Freunden erzählt hatte, und er bedachte, welch unermeßliche Reichtümer, welch herrliche Besitzungen, welche bedeutende Macht zum Bösen oder Guten eines Tages in den kleinen runden Händchen liegen werde, die der kleine Lord so tief in seine Taschen zu versenken liebte.

»Es wird vieles anders werden,« sagte er sich, »ganz anders werden die Dinge sich gestalten.«

Bald darauf trat Cedrik mit seiner Mutter wieder ein, der Junge in großer Erregung. Er setzte sich auf seinen eignen kleinen Stuhl zwischen die Mutter und den Advokaten und nahm eine seiner wunderlichen Stellungen an, die Hände um die Kniee gefaltet.

»Geweint hat sie,« sagte er ganz strahlend. »Vor Freude geweint – das hab' ich noch nie gesehen! Mein Großpapa muß sehr gut sein, hab's gar nicht gewußt, daß er so gut ist. Es ist doch angenehmer, als ich mir's dachte, ein Graf zu sein. Beinahe bin ich froh – beinahe bin ich sehr froh, daß ich einer werden soll.«

Drittes Kapitel

Abschied von der Heimat

Während der folgenden Woche erfuhr Cedriks günstige Meinung über Grafen im allgemeinen und besondern noch eine wesentliche Steigerung. Es wurde ihm anfangs schwer, zu begreifen, daß es kaum mehr etwas gab, was er nicht erlangen konnte, und völlig wurde er sich über diese Thatsache überhaupt nicht klar. Das aber hatte er nach einigen Gesprächen mit Mr. Havisham erkannt, daß die Wünsche, die er auf dem Herzen hatte, in Erfüllung gehen sollten, und er machte sich dies mit einem Entzücken und einer Selbstlosigkeit zu nutze, die den würdigen Herrn sehr ergötzten. In der Woche, ehe sie sich nach England einschifften, geschahen merkwürdige Dinge, und dem Advokaten blieb es unvergeßlich, wie sie morgens einen gemeinsamen Besuch bei Dick machten, und wie sie nachmittags die Apfelfrau »aus altem Geschlecht« in großes Erstaunen versetzten durch die Mitteilung, daß ein Zelt und ein Ofen und ein Shawl ihr zu teil werden solle, und überdies noch eine Summe Geldes, die ihr ganz abenteuerlich vorkam.

»Denn ich muß nach England gehen und ein Lord werden,« erklärte Ceddie mit herzgewinnender Freundlichkeit. »Und ich möchte nicht, so oft es regnet, an Ihre armen Knochen denken müssen. Meine Knochen schmerzen mich nie, deshalb kann ich mir nicht recht vorstellen, wie das ist, aber Sie haben mir immer sehr leid gethan und ich hoffe, daß jetzt alles besser wird.«

»Sie ist eine sehr gute Frau,« sagte er zu Mr. Havisham im Weggehen. »Einmal bin ich hingefallen und hatte ein Loch im Knie, da hat sie mir einen Apfel geschenkt, das hab' ich ihr nie vergessen. Sie wissen ja, das vergißt man nie, wenn jemand uns etwas Gutes gethan hat.«

Die Besprechung mit Dick war sehr aufregend. Dick hatte eben großen Verdruß mit Jack gehabt und war in sehr gedrückter Stimmung, als sie ihn begrüßten. Seine Verblüffung, als Cedrik ihm ganz ruhig mitteilte, daß er aller Not ein Ende machen wolle, war derart, daß er ganz sprachlos war. Lord Fauntleroys Art und Weise, den Zweck seines Besuches darzulegen, war von größter Einfachheit und Formlosigkeit, und auf den daneben stehenden Mr. Havisham machte die Geradheit, mit der er auf sein Ziel lossteuerte, großen Eindruck.

Die Mitteilung, daß sein alter Freund ein Lord geworden und in Gefahr stehe, ein Graf zu werden, wenn er am Leben bleibe, veranlaßte Dick, Mund und Nase aufzusperren und so erstaunt ins Blaue zu starren, daß ihm die Mütze vom Kopfe fiel. Nachdem er dieselbe aufgehoben, stieß er eine Bemerkung aus, die Mr. Havisham etwas befremdete, Seiner Herrlichkeit aber nichts Neues zu sein schien.

»Was gibst du mir, wenn ich das Zeug glaube?«

Verletzt fühlte sich der kleine Lord keineswegs von dieser Bemerkung, wohl aber versetzte ihn dieselbe in einige Verlegenheit, aus der er sich aber tapfer herausarbeitete.

»Es denkt jeder, es sei nicht wahr,« sagte er. »Mr. Hobbs meinte, ich hatte einen Sonnenstich. Anfangs war es mir selbst auch gar nicht angenehm, aber nun habe ich mich schon daran gewöhnt. Der, welcher jetzt Graf ist, der ist mein Großpapa und der will, daß ich alles thun soll, was mir Freude macht. Er ist sehr gütig, wenn er auch ein Graf ist, und er hat mir durch Mr. Havisham eine Menge Geld geschickt, und davon sollst du welches haben, um Jack auszubezahlen.«

Das Ende vom Liede war, daß Dick dies wirklich that, und daß er mit neuen Bürsten, einem sehr in die Augen fallenden Schilde und einer prächtigen Ausrüstung Alleinherrscher in seinem Geschäfte wurde. Er konnte erst ebensowenig an sein Glück glauben wie die Apfelfrau »aus altem Geschlechte«; er starrte seinen Wohlthäter ratlos an und erwartete jeden Augenblick, daß der Traum ein Ende haben werde. Erst als Cedrik ihm die Hand zum Abschied reichte, ward er sich der Thatsächlichkeit des ganzen Vorganges bewußt.

»Und nun leb wohl,« sagte Ceddie mit einem ernstlichen Versuche, ihn das Zittern seiner Stimme nicht merken zu lassen, und mit einem etwas krampfhaften Zwinkern der großen braunen Augen. »Ich hoffe, daß dein Geschäft jetzt gut geht. Mir thut's leid, daß ich fort muß, vielleicht komme ich wieder, wenn ich ein Graf bin, und hoffentlich schreibst du mir auch, denn wir sind ja immer gute Freunde gewesen. Hier hab' ich dir's aufgeschrieben, wie du die Adresse an mich machen mußt, ich heiße nicht mehr Cedrik Errol, sondern Lord Fauntleroy und – jetzt lebe wohl, Dick!«

Dick zwinkerte auch angestrengt mit den Augen, und doch waren seine Wimpern verräterisch feucht. Er war kein sehr gebildeter Schuhputzer, und es wäre ihm schwer geworden, seine Empfindungen in Worte zu fassen, deshalb machte er auch gar keinen Versuch dazu, sondern begnügte sich, zu blinzeln und etwas zu verschlucken, was ihm immer wieder im Halse aufstieg.

»Wollte, du bliebest hier,« sagte er mit heiserer Stimme. Dann lüftete er seine Mütze und wandte sich an Mr. Havisham: »Danke auch, Sir, daß Sie ihn hergebracht, und für alles. Er – er ist ein kurioser kleiner Kerl,« setzte er hinzu, »ich hab' immer große Stücke auf ihn gehalten. Und Grütz' im Kopfe hat er und ist so ein ganz aparter Jung'.«

Und nachdem die beiden von ihm weggegangen, stand Dick noch lange da und sah ihnen nach, und solange er die kleine biegsame Gestalt so elastisch neben ihrem großen, ernsten Begleiter dahinwandeln sah, wollte der Nebel vor seinen Augen nicht weichen.

Bis zum Tage der Abreise brachte Seine Herrlichkeit so viel Zeit als möglich in Mr. Hobbs' Laden zu. Mr. Hobbs selbst war in sehr gedrückter Stimmung, aus der er sich kaum mehr aufzuraffen wußte, und als sein kleiner Freund ihm triumphierend sein Abschieds- geschenk, eine goldne Uhr mit Kette überreichte, war er kaum im stande, die Gabe gehörig zu würdigen. Er legte das Etui auf sein Knie und schneuzte sich mehrmals mit großem Geräusche.

»Es steht was drin,« sagte Cedrik, »innen drin. Ich hab's dem Manne selbst gesagt, was er hineinschreiben müsse: ›Mr. Hobbs von seinem ältesten Freunde, Lord Fauntleroy. Die Uhr, sie spricht: Vergiß – mich – nicht!‹ Ich will nicht, daß Sie mich vergessen.«

Mr. Hobbs machte abermals energischen Gebrauch von seinem Taschentuche.

»Ich werde dich auch nicht vergessen,« sagte er und seine Stimme klang ebenso merkwürdig heiser wie die von Dick, »vergiß nur du mich nicht, wenn du unter die englischen Aristokraten kommst.«

»Sie werde ich nicht vergessen, unter was für Menschen ich auch komme,« versicherte der kleine Lord. »Bei Ihnen bin ich immer am glücklichsten gewesen, fast am glücklichsten, und ich hoffe, Sie besuchen mich einmal. Mein Großpapa würde sich ganz gewiß furchtbar freuen; vielleicht schreibt er Ihnen selbst und ladet Sie ein, wenn ich ihm alles erzähle. Und – und nicht wahr, Sie würden dann nicht daran denken, daß er ein Graf ist? Ich meine, Sie würden deshalb doch kommen, wenn er Ihnen schreibt?«

»Ich würde dir zuliebe kommen,« erklärte Mr. Hobbs huldvoll, und damit war zugestanden, daß er im Falle einer dringenden Einladung von seiten des Grafen seine republikanischen Vorurteile überwinden, sein Bündel schnüren und ein paar Monate auf Schloß Dorincourt zubringen würde.

Endlich waren alle Vorbereitungen abgethan. Der Tag erschien, an dem die Koffer an Bord geschafft wurden, und die Stunde, da der Wagen vor der Hausthür hielt. Ein seltsames Gefühl von Einsamkeit und Verlassenheit überkam dann den kleinen Jungen. Die Mutter hatte sich ein paar Stunden in ihrem Zimmer eingeschlossen gehabt, und als sie nachher die Treppe herabkam, waren ihre Augen naß und ihr lieblicher Mund bebte seltsam. Cedrik eilte ihr entgegen, sie beugte sich zu ihm nieder, und er schlang seine Aermchen um ihren Hals und küßte sie. Was es war, wußte er nicht recht, aber er fühlte, daß sie beide traurig waren, und unwillkürlich kam's ihm auf die Lippen:»Gelt, Herzlieb, wir haben unser kleines Haus lieb gehabt? Und wir werden's immer lieb behalten?«

»Ja, ja,« versetzte sie mit leiser Stimme.»Ja, mein Herzenskind.«

Und dann stiegen sie in den Wagen und Ceddie setzte sich ganz nahe zu seiner Mama, sah sie unverwandt an, hielt ihre Hand fest und streichelte sie ganz leise, indes sie nach dem verödeten Hause zurückblickte.

Unglaublich kurze Zeit darauf befanden sie sich auf dem Dampfer, mitten im wildesten Lärm und Getriebe. Wagen fuhren an und setzten Passagiere ab, Reisende gerieten in Verzweiflung über ihr Gepäck, das noch nicht da war und möglicherweise zu spät kam, Reisekoffer und Kisten wurden hin und her gezerrt und geschleppt, Matrosen rollten Taue auf und eilten ab und zu, Befehle wurden erteilt, Damen und Herren, Kinder und Kinderfrauen kamen an Bord, die einen lachend und fröhlich, die andern still und gedrückt, einzelne mit Thränen in den Augen. Ueberall entdeckte Cedrik etwas Interessantes; die Berge von Tauen, die aufgerollten Segel, die in den blauen Himmel hineinragenden Masten, alles fesselte seine Aufmerksamkeit, und er nahm sich fest vor, mit den Matrosen Freundschaft zu schließen und womöglich Näheres über Seeräuber zu erfahren.

Gerade im allerletzten Augenblicke – Cedrik stand am Geländer des oberen Deckes, beobachtete die Zeichen zur Abfahrt und erfreute sich an den Zurufen der Matrosen und der Leute auf dem Damme – bemerkte er in einer wenige Schritte von ihm entfernten Gruppe einen kleinen Kampf. Jemand drängte sich mit Gewalt durch und zwar in seiner Richtung, es war ein Junge, der etwas Rotes in der Hand hielt – Dick! Ganz atemlos gelangte er endlich in Cedriks Nähe.

»Bin ich gelaufen,« keuchte er, »wollte dich doch abfahren sehen. Geschäft ist prima. Von dem, was ich gestern gemacht, hab' ich das für dich gekauft, kannst's brauchen, wenn du unter die feinen Leute kommst. Das Papier habe ich verloren im Gedränge, die Kerls wollten mich nicht 'rauf lassen, 's ist ein Taschentuch.«

In einem Atemzuge stieß er den Satz heraus, und ehe Cedrik Zeit hatte, etwas zu erwidern, erklang das letzte Zeichen, und mit einem gewaltigen Satze flog Dick davon.

»Leb wohl!« rief er noch. »Trag's, wenn du zu den Vornehmen kommst!« und damit war er verschwunden.

Ein paar Sekunden darauf sah man ihn sich auf dem unteren Decke durch die Leute drängen und in dem Augenblicke, ehe die Planke weggezogen ward, sprang er ans Ufer und schwenkte seine Mütze.

Cedrik hielt sein hochrotes, seidenes Tuch, das mit ungeheuem dunkelblauen Hufeisen und Pferdeköpfen geschmückt war, in der Hand. Allgemeines Durcheinanderrennen und großer Tumult entstand. Vom Dampfer hinüber und herüber von den am Ufer Stehenden klangen die Rufe: »Leb wohl, altes Haus! Leb wohl! Leb wohl! Vergiß uns nicht. Nicht wahr, du schreibst von Liverpool? Gute Fahrt! Leb wohl!«

Der kleine Lord Fauntleroy beugte sich weit hinaus und ließ sein rotes Tuch flattern.

»Leb wohl, Dick!« rief er, so laut er konnte. »Ich danke dir! Leb wohl, Dick.«

Und das mächtige Schiff setzte sich langsam in Bewegung, die Leute riefen Hurra, Cedriks Mutter zog den Schleier vors Gesicht, auf dem Damme herrschte große Bewegung, Dick aber sah von alledem nichts, als das liebliche Kindergesicht mit seinem blonden Heiligenschein, auf den die Sonne fiel, und hörte nichts, als die herzliebe, frische Stimme, die immer wieder: »Leb wohl, Dick!« rief. So segelte der kleine Lord Fauntleroy von seinem Heimatlande weg in die ihm fremde Welt seiner Ahnen.

Viertes Kapitel

In England

Unterwegs teilte die Mutter ihrem Lieblinge mit, daß sie in Zukunft nicht mehr zusammenleben würden. Es kostete Mühe, bis er sich von einer solchen Möglichkeit überzeugen ließ, und sein Jammer darüber war so grenzenlos, daß Mr. Havisham im stillen nur den glücklichen Gedanken des Grafen, die Mutter in der Nähe wohnen zu lassen, pries, denn ohne diesen Trost hätte das Kind die Trennung schwerlich ertragen. Die Mutter that alles, um ihm die Vorstellung freundlicher zu machen, und tröstete ihn so herzlich und erzählte ihm immer wieder, wie nah sie ihm sein werde, daß ihm der Gedanke allmählich weniger schrecklich erschien.

»Mein Haus ist gar nicht weit vom Schlosse, Ceddie,« sagte sie, so oft die Rede darauf kam, »ganz nahe sogar, und du kannst immer herüberlaufen und nach mir sehen. Und denke dir nur, wieviel du mir dann zu erzählen haben wirst, und wie glücklich wir miteinander sein werden. Ach, es muß ja so schön dort sein! Wie oft hat mir dein Papa alles beschrieben. Ihm war das Schloß ganz ans Herz gewachsen, und du wirst es auch bald lieb gewinnen.«

»Wenn du auch dort wärst, dann wohl,« versetzte der betrübte kleine Lord mit einem tiefen Seufzer.

Es war ja ganz natürlich, daß ihm eine Einrichtung, die ihn von »Herzlieb« trennte, als etwas sehr Widersinniges und Unbegreifliches erschien. Mrs. Errol hielt es zudem für richtig, ihn über die Gründe dieser Trennung nicht aufzuklären.

»Verstehen könnte er es doch nicht,« sagte sie zu Mr. Havisham, »es würde ihn also nur alterieren und beängstigen, und ich bin überzeugt, daß er sich weit eher an seinen Großvater anschließt, wenn er nicht weiß, daß dieser einen Widerwillen gegen mich hat. Haß und Bitterkeit sind ihm ganz fremd, und ich glaube, der Gedanke, daß jemand mich haßt, würde ihn unglücklich machen! Sein Herz ist voll Liebe! Es ist viel besser, wenn er das alles erst später erfährt – viel besser im Interesse des Grafen namentlich, denn dies Bewußtsein würde eine Scheidewand zwischen ihm und dem Großvater bilden, wenn Ceddie auch noch ein Kind ist.«

Cedrik erfuhr also nur, daß diese Trennung aus Gründen, die er noch nicht verstehen könne, beschlossen sei, und daß er später einmal alles erfahren und begreifen werde. Das machte ihn wohl nachdenklich, allein schließlich war es ihm ja weniger um die Gründe, als um die Sache zu thun, und nachdem ihm sein Mütterchen wieder und wieder die Zukunft im rosigsten Lichte ausgemalt hatte, fingen seine Bedenken an schwächer zu werden, obgleich Mr. Havisham ihn noch mehr als einmal in einer seiner wunderlich altväterischen Stellungen dasitzen und aufs Meer hinausstarren sah, wobei sich mancher Seufzer aus seiner Brust stahl, der viel zu ernsthaft klang für ein Kind.

»Es gefällt mir gar nicht,« sagte er in einem seiner ehrbaren Gespräche mit dem Advokaten. »Sie glauben nicht, wie wenig mir die Sache gefällt, aber es gibt ja viel Kummer auf der Welt, den man eben ertragen muß. Das sagt Mary immer, und auch Mr. Hobbs hab' ich das sagen hören. Und Herzlieb will, daß ich gern zum Großpapa gehen soll, weil all' seine Kinder tot sind und das sehr traurig ist. Natürlich thut einem ein Mann leid, der all' seine Kinder verloren hat – und eins war so plötzlich tot.«

Wer Seine kleine Herrlichkeit kennen lernte, fand die altkluge Weisheitsmiene, die er gelegentlich in der Unterhaltung aufsetzte, bezaubernd: wenn man dabei in sein unschuldiges rundes Gesichtchen sah, hatten die weisen Bemerkungen einen unwiderstehlichen Reiz, und wenn der hübsche, blühende, goldlockige kleine Mann sich hinsetzte, die Hände ums Knie schlang und sich mit großer Würde unterhielt, war er das Entzücken seiner Umgebung und namentlich fand Mr. Havisham jeden Tag mehr Freude an ihm.

Als der minder glückliche Teil der Passagiere, der, welcher der Seekrankheit seinen Tribut zu bezahlen gehabt hatte, wieder auf Deck sichtbar ward und sich auf den bequemen Stühlen niederließ, schien auch kein einziger darunter zu sein, der die merkwürdige Geschichte des kleinen Lord Fauntleroy nicht kannte, und jedermann interessierte sich für den Jungen, der sich überall herumtrieb, wenn er nicht gerade mit seiner Mutter und dem steifen alten Engländer auf und ab ging oder mit den Matrosen plauderte. Mit allen schloß er Freundschaft, wozu er ja stets bereit war. Hatte er sich einer Gruppe von Herren angeschlossen, so marschierte er mit großen, festen Schritten neben ihnen her und ging bereitwillig auf jeden Scherz ein; war er im Kreise der Damen, so war des fröhlichen Lachens kein Ende, und spielte er mit den Kindern, so war das Spiel immer ganz besonders lebendig und lustig.

Seine Hauptfreunde aber waren die Matrosen – er erfuhr die wunderbarsten Geschichten von Seeräubern, Schiffbruch und einsamen, menschenleeren Inseln, er lernte Taue splissen und kleine Schiffe auftakeln, und erwarb sich in Bezug auf Topsegel und Mainsegel eine erstaunliche Gelehrsamkeit. Seine Redeweise bekam einen entschiedenen Anflug von Teerjackentum, und er rief einmal unauslöschliches Gelächter hervor, als er sich an einem kühlen Morgen, wo Damen und Herren sich warm eingehüllt hatten, mit der liebenswürdigsten Miene von der Welt und weicher Stimme äußerte: »Da fahr' mir doch gleich der Klabautermann in die Planken, heut ist's frisch.«

Er war sehr überrascht, daß diese seemännische Bemerkung solche Heiterkeit hervorrief; er hatte sie von einem älteren Seehelden, Namens Jerry, vernommen, in dessen Erzählungen sie öfter wiederkehrte. Jerry mußte, nach seinen Beschreibungen zu schließen, mindestens zwei- oder dreitausend Fahrten gemacht haben, wobei er unfehlbar jedesmal Schiffbruch gelitten und an ein mit Menschenfressern bevölkertes Eiland verschlagen worden war; daß ihm bei solchen Gelegenheiten mehr als einmal passiert war, teilweise gebraten und vollständig aufgezehrt und etliche zwanzigmal skalpiert zu werden, verstand sich von selbst.

»Deshalb hat er gar keine Haare mehr,« erklärte Lord Fauntleroy seiner Mama. »Wenn man ein paarmal skalpiert worden ist, wächst das Haar nie mehr. Jerry seins kam nicht wieder, nach dem letzten Mal, als ihn der König der Parromachaweekins mit einem Messer, das aus dem Schädel des Häuptlings der Wopslemumpkies gemacht war, skalpiert hatte. Er sagt, das sei fast das Schlimmste gewesen, was ihm je vorgekommen, und seine Haare seien ihm ganz zu Berge gestanden, wie der König das Messer wetzte, und hätten sich auch nachher nicht mehr gelegt, und der König trage nun den Skalp so, und er sehe aus wie eine Haarbürste. Nein, was für ›Verlebnisse‹ dieser Jerry gehabt hat! Ich wollt', ich könnte Mr. Hobbs alles erzählen!«

Zuweilen, wenn das Wetter schlecht war und man im Salon beisammen saß, gab Cedrik, der immer bereit war, das Seinige zur Unterhaltung beizutragen, Jerrys »Verlebnisse« preis, wobei er sehr aufmerksame Zuhörer fand.

»Jerrys Geschichten 'tressieren alle so,« sagte er dann zu seinem Mütterchen.»Manchmal denke ich beinahe – du mußt nicht böse sein, Herzlieb – es könnte nicht alles dran wahr sein, aber doch hat Jerry es selbst erlebt, aber, weißt du, vielleicht weiß er's hier und da nicht mehr so genau, weil er so oft skalpiert worden ist. Skalpiert werden, davon kann man ein schlechtes Gedächtnis kriegen.«

Elf Tage, nachdem er Dick sein Lebewohl zugerufen hatte, traf der kleine Lord in Liverpool ein, und am Abend des zwölften Tages fuhr der Wagen, der ihn, seine Mutter und Mr. Havisham an der Bahn abgeholt hatte, an Court Lodge vor.

Mary, die zu Mrs. Errols Bedienung mit herübergekommen war, hatte das Haus schon etwas früher erreicht, und als Cedrik aus dem Wagen sprang, sah er einige Dienstboten in der glänzend erleuchteten Halle stehen, Mary aber unter der Hausthür. Mit einem fröhlichen Ausrufe eilte er auf sie zu und küßte sie auf die knallroten Wangen.

»Bist du schon da, Mary? Herzlieb, Mary ist da!«

»Ich bin froh, daß Sie da sind, Mary,« sagte Mrs. Errol halblaut zu ihr. »Ich fühle mich weit weniger fremd, nun ich ein bekanntes Gesicht um mich habe.« Dabei reichte sie ihr die schmale Hand, die Mary kräftig schüttelte. Ach, sie verstand wohl, wie der jungen Frau zu Mute sein mußte, die ihre Heimat verlassen hatte und nun ihr Kind hergeben sollte.

Die englischen Dienstboten beobachteten Mutter und Sohn mit großer Neugierde. Alle möglichen Gerüchte waren natürlich über die beiden im Umlauf; jedermann wußte, weshalb Mrs. Errol hier wohnen mußte, und der kleine Lord im Schlosse, jedermann wußte genau, welch ungeheures Vermögen seiner harrte und was für ein jähzorniger Großvater mit Gichtanfällen und bösen Launen.

»Leicht kriegt er's nicht, der arme kleine Kerl!« Das hatten sie längst untereinander ausgemacht.

Was es aber für eine Art von Kind war, dieser Lord Fauntleroy, das wußten sie nicht, und das Wesen des künftigen Herrn von Dorincourt war für sie eben nicht leicht verständlich. Er zog sehr selbständig seinen kleinen Ueberrock aus, gerade, als ob er gewöhnt wäre, sich selbst zu bedienen, und dann sah er sich um in der weiten Halle, betrachtete die Bilder und die Hirschgeweihe und alle möglichen Dinge, die ihm sehr merkwürdig vorkamen, weil er noch nichts derartiges gesehen hatte.

»Herzlieb,« rief er, »das ist ja ein goldiges Haus, nicht wahr? Ich bin so froh, daß du da wohnst! Und ein ganz großes Haus ist es!«

Freilich war es groß im Vergleiche mit dem engbrüstigen Gebäude in der ärmlichen New Yorker Straße, und hübsch und freundlich war es auch. Mary führte die Ankömmlinge hinauf in ein helles, ganz mit buntem Kattun tapeziertes und ausgestattetes Schlafzimmer, wo ein fröhliches Feuer brannte und eine riesengroße, schneeweiße Angorakatze behaglich hingestreckt auf dem Teppich vor dem Kamine lag.

»Die Haushälterin vom Schlosse schickt sie,« erklärte Mary. »Die ist eine brave Dame und hat überall nach dem Rechten gesehen und alles eingerichtet. Ich hab' sie auch schon gesehen, und sie hat den Herrn Kapitän selig arg gern gehabt und ist betrübt, daß er tot ist, und dann hat sie gesagt, 's könne leicht sein, daß die Katze Ihnen die Stube heimeliger macht, wenn sie so faul daliegt. Den Herrn Kapitän selig hat sie schon gekannt, wie er ein Kind war, und er sei ein schöner Jung' gewesen, sagte sie, und dann ein feiner Herr, der auch für geringe Leute ein gutes Wort gehabt hat. Da hab' ich zu ihr gesagt: ›Er hat gerade so einen Sohn zurückgelassen‹ ja und dann hab' ich gesagt: ›Kein hübscherer Junge hat je Schuhe zerrissen, solange die Welt steht.‹«

Nachdem Mutter und Sohn etwas Toilette gemacht, gingen sie wieder ins Erdgeschoß in ein ebenfalls großes, helles Zimmer. Die Decke war getäfelt, der Raum nicht hoch, die tiefen, breiten Stühle hatten hohe geschnitzte Lehnen, und allerhand kleine Wandschränkchen, Schlüsselbretter und eigentümliche Verzierungen waren in den ebenfalls getäfelten Wänden angebracht; vor dem Kamin lag ein mächtiges Tigerfell und zwei bequeme Lehnstühle standen zu beiden Seiten. Die würdevolle weiße Katze fand es offenbar recht angenehm, sich von Lord Fauntleroy streicheln zu lassen, und hatte sich ihm sofort angeschlossen, und als er sich nun auf das prächtige Fell legte, rollte sie sich majestätisch an seiner Seite auf, wodurch die Freundschaft besiegelt war. Cedrik schmiegte sein Köpfchen neben ihr in das weiche Fell und nahm keine Notiz von dem Gespräch zwischen seiner Mutter und Mr. Havisham, zumal beide halblaut sprachen. Mrs. Errol war sehr blaß und sichtlich bewegt.

»Heute nacht muß er doch nicht schon gehen?« fragte sie, »Heute nacht darf er doch noch bei mir bleiben?«

»Gewiß,« erwiderte Mr. Havisham, »es ist keineswegs nötig, daß er heute nacht geht. Ich werde mich nach Tische aufs Schloß begeben und Seine Herrlichkeit von unsrer Ankunft in Kenntnis setzen.«

Mrs. Errol warf einen Blick auf Cedrik, der mit unbewußter Anmut auf dem bunten Fell hingestreckt lag, während das Feuer im Kamin wechselnde Lichter auf sein golden schimmerndes Haar warf.

»Der Graf weiß nicht, was er mir nimmt,« sagte sie mit schmerzlichem Lächeln und setzte dann, zu dem Advokaten aufblickend, hinzu: »Wollen Sie die Güte haben, ihm zu sagen, daß ich sein Geld nicht will?«

»Sein Geld? Sie sprechen doch nicht von dem Jahreseinkommen, das er für Sie ausgesetzt hat?«

»Doch,« antwortete sie einfach, aber bestimmt. »Ich möchte dasselbe lieber nicht haben. Die Wohnung hier muß ich annehmen und bin dankbar dafür, denn ich könnte ja sonst nicht in der Nähe meines Kindes bleiben; aber ich habe ein kleines Vermögen, das hinreicht, um bescheiden davon leben zu können, und mehr brauche ich nicht. Bei der Natur unsrer Beziehungen könnte ich keine Wohlthaten von ihm annehmen, ohne das Gefühl zu haben, ihm Cedrik zu verkaufen, und ich lasse ihn doch nur von mir, weil ich nicht an mich denke, sondern an sein Bestes, und weil sein Vater es wünschen würde.«

»Seltsam, sehr seltsam,« sagte Mr. Havisham, sein Kinn reibend. »Der Graf wird sich ärgern, wird es ganz und gar nicht verstehen.«

»Ich glaube doch, wenn er sich's überlegt. Nötig habe ich das Geld nicht, und Luxus annehmen von seiten eines Mannes, der mich so sehr haßt, daß er mir meinen Sohn nimmt, könnte ich nicht.«

Kurz darauf wurde die Mahlzeit aufgetragen, an der alle drei teilnahmen und bei der sich auch die Katze einfand, die unter vergnüglichem Schnurren den Stuhl neben Ceddie für sich in Anspruch nahm.

Im Verlaufe des Abends begab sich Mr. Havisham noch nach dem Schlosse, wo er sofort von dem Hausherrn empfangen wurde. Er fand ihn in einem bequemen Fauteuil am Kamin, das gichtkranke Bein auf einer Fußbank. Ein scharfer, fragender Blick flog unter den buschigen Augenbrauen hervor, und Mr. Havisham erkannte wohl, daß er trotz aller zur Schau getragenen Gleichgültigkeit in großer Unruhe und gespannter Erwartung war.

»Da sind Sie ja, Havisham! Gut angekommen? Was gibt's Neues?«

»Lord Fauntleroy und seine Mutter sind in Court Lodge angelangt. Beiden ist die Reise gut bekommen und ihr Befinden ist vortrefflich.«

»Freut mich, zu hören,« sagte der Graf mit einer etwas ungeduldigen Handbewegung. »Machen Sie sich's bequem und nehmen Sie ein Glas Wein. Was sonst?«

»Der junge Lord bleibt heute nacht bei seiner Mutter. Morgen werde ich ihn ins Schloß bringen.«

Der Arm des Grafen hatte auf der Stuhllehne geruht, nun hielt er sich plötzlich die Hand vor die Augen.

»Nun so reden Sie doch weiter. Briefliche Mitteilungen hatte ich mir ja verbeten, und so weiß ich noch von gar nichts. Was für eine Sorte ist der Bursche? Von der Mutter will ich nichts hören, nur von dem Jungen.«

Mr. Havisham kostete den alten Portwein, den er sich eingegossen hatte, und hielt das Glas in der Hand.

»Es ist schwierig, über den Charakter eines Kindes von sieben Jahren ein Urteil abzugeben,« begann er vorsichtig.

»Er ist also ein Schafskopf?« rief der alte Herr rasch aufblickend. »Oder ein schwerfälliger Tölpel? Das amerikanische Blut schlägt vor, hm?«

»Ich glaube kaum, daß ihm dasselbe zum Nachteil gereichte, Mylord,« erwiderte der Advokat in seiner trockenen, kühlen Weise. »Ich verstehe mich nicht besonders auf Kinder, aber ich halte ihn für einen hübschen Jungen.«

Vorsichtig und zurückhaltend in seinen Aeußerungen zu sein, war Havishams Art, und er kehrte sie heute mehr als je hervor, denn er wollte, daß der Graf selbst urteilen und seinen Enkel kennen lernen sollte, ohne irgendwie beeinflußt zu sein.

»Gesund? Gut gewachsen?«

»Offenbar ganz gesund und gut gewachsen.«

»Gerade Glieder – menschliche Physiognomie?«

Ein leises Lächeln flog um Mr. Havishams dünne Lippen, als er an den rosigen Blondkopf dachte, wie er ihn zuletzt auf dem Tigerfell hatte liegen sehen.

»Ein ziemlich hübsches Kind, soweit man das von einem Jungen sagen kann, und soweit ich mich drauf verstehe. Aber Sie werden ihn einigermaßen verschieden von den englischen Kindern finden.«

»Zweifle nicht daran,« brummte der Graf mit einem Zucken in dem kranken Beine. »Freches, vorlautes Volk, diese amerikanischen Kinder! Habe oft genug davon gehört.«

Mr. Havisham trank seinen Portwein und eine kleine Pause folgte.

»Ich habe einen Auftrag von Mrs. Errol zu bestellen,« bemerkte er ruhig.

»Verschonen Sie mich damit! Je weniger ich von der Person höre, desto besser!«

»Die Sache muß doch erörtert werden. Sie zieht es vor, die ihr von Ihnen ausgesetzte Jahresrente nicht anzunehmen.«

»Was soll das heißen?« rief der Graf auffahrend. »Was soll das heißen?«

Mr. Havisham wiederholte seine Mitteilung und setzte hinzu: »Sie sagt, sie bedürfe der Summe nicht, und da die Beziehungen zwischen ihr und Ihnen nicht freundlicher Art seien –«

»Nicht freundlicher Art! Das will ich meinen! Der bloße Gedanke an sie ist mir zuwider. Eine geldgierige Amerikanerin mit schriller Stimme! Ich will sie nicht sehen!«

»Mylord, geldgierig können Sie die Dame doch kaum nennen. Sie hat nicht nur nichts verlangt, sondern das ihr Angebotene abgelehnt.«

»Bloßer Kunstgriff,« grollte der edle Lord. »Damit will sie mich dran kriegen, daß ich sie sehen soll und womöglich ihren Geist bewundern, wovor ich mich wohl hüten werde. Amerikanischer Trotz! Ich will nicht, daß sie als Bettlerin vor meinem Thore wohnt. Sie ist die Mutter des Jungen und hat als solche eine Stellung zu wahren und soll sie wahren. Sie wird das Geld bekommen, ob sie will oder nicht! Damit will sie nur ihrem Jungen eine schlechte Meinung von mir beibringen! Wird ihn ohnehin schon genügend gegen mich eingenommen haben.«

»Nein,« sagte Mr. Havisham. »Ich habe Ihnen in dieser Hinsicht noch etwas von Mrs. Errol zu bestellen.«

»Was ich nicht hören will!« stieß Seine Herrlichkeit, keuchend vor Aerger und Gichtschmerzen, hervor.

Mr. Havisham aber fuhr ungerührt fort: »Sie läßt Sie bitten, in Lord Fauntleroys Gegenwart nichts zu äußern, was ihm klar machen könnte, daß Sie ihr nicht wohlwollen. Der Knabe hängt sehr an ihr, und sie ist überzeugt, daß ihn dies Ihnen entfremden würde.

hat ihm einfach gesagt, daß er noch zu jung sei, um die Gründe der Trennung von ihr zu verstehen, und zwar, weil sie wünscht, daß auch kein Hauch des Mißtrauens gegen Sie in des Knaben Herz aufkomme.« Der Graf war in seinen Stuhl zurückgesunken; seine tiefliegenden, feurigen Augen funkelten hinter den starken Augenbrauen.

»Seien Sie vernünftig, Havisham,« sprach er mühsam, »Sie werden mir nicht weismachen wollen, daß die Mutter ihm nichts gesagt hat.«

»Nicht eine Silbe, Mylord,« versetzte der Advokat ruhig. »Der Knabe sieht in Ihnen nichts als den zärtlichen Großpapa. Nichts – absolut nichts ist je geäußert worden, was ihm auch nur den leisesten Zweifel an Ihrer Vollkommenheit erwecken könnte, und da ich Ihre Befehle in Bezug auf seine etwaigen Wünsche genau ausgeführt habe, sieht er in Ihnen den Inbegriff aller Großmut und Güte.«

»Wahrhaftig? Allen Ernstes?«

»Ich gebe Ihnen mein Ehrenwort, daß es einzig in Ihrer Hand liegt, wie Sie das Verhältnis zu Lord Fauntleroy gestalten wollen, und wenn ich mich unterfangen dürfte, Eurer Herrlichkeit einen Rat zu geben, so wäre es der, nie verletzend von seiner Mutter zu sprechen.«

»Pah, pah! Ein Junge von sieben Jahren!«

»Der diese sieben Jahre an der Seite einer Mutter verlebt hat, der sein ganzes Herz gehört.«

Fünftes Kapitel

Im Schlosse

Es war spät am Nachmittag, als der Wagen, der den kleinen Lord Fauntleroy und Mr. Havisham zum Schlosse brachte, die lange Avenue daherrollte. Der Graf hatte angeordnet, daß sein Enkel kurz vor Tische im Schlosse eintreffen und ferner, daß er, aus nur ihm bekannten Gründen, allein in das Zimmer geführt werden sollte, wo er ihn zu empfangen gedachte. Cedrik lehnte sich behaglich in die Wagenkissen zurück und beobachtete alles mit großem Interesse. Der Wagen selbst, die großen stattlichen Pferde mit ihrem blitzblanken Geschirre, der würdevolle Kutscher und der stattliche Diener in ihren eleganten Livreen, alles fesselte seine Aufmerksamkeit.

Als der Wagen vor dem Parkthore hielt, beugte er sich aus dem Fenster, um die riesigen steinernen Löwen zu studieren, die den Eingang schmückten. Aus der hübschen epheuumrankten Portierswohnung trat eine rundliche, freundliche Frau, um das Thor zu öffnen. Zwei Kinder folgten ihr auf dem Fuße und starrten mit weit aufgerissenen, verwunderten Augen auf den kleinen Jungen im Wagen, indes die Mutter lächelnd knickste.

»Kennt sie mich denn?« fragte Lord Fauntleroy seinen Begleiter. »Ich glaube, sie weiß, wer ich bin,« und dabei nahm er seine schwarze Samtmütze ab und grüßte freundlich.

»Guten Tag!« sagte er mit heller Stimme. »Wie geht's Ihnen?«

Die Frau war sichtlich erfreut, sie lachte übers ganze Gesicht, und ihre blauen Augen blickten ihn warm und herzlich an.

»Gott segne Eure Herrlichkeit!« sagte sie. »Gott segne Ihr freundliches Gesicht! Glück und Frohsinn Euer Herrlichkeit! Willkommen in Dorincourt!«

Lord Fauntleroy schwenkte seine Mütze und nickte ihr mehrmals zu, indes der Wagen weiter fuhr.

»Die Frau gefällt mir,« sagte er. »Sie sieht aus, als ob sie Freude an Jungens hätte. Ich werde sie besuchen und mit den Kindern spielen – ob sie wohl so viele hat, daß man eine ordentliche Compagnie zusammenbringen könnte?«

Mr. Havisham hielt es nicht für nötig, ihm zu sagen, daß er schwerlich Erlaubnis erhalten werde, mit den Portierskindern Kameradschaft zu schließen – derlei Weisheit kam immer noch zeitig genug.

Der Wagen fuhr rasch dahin zwischen den prachtvollen alten Riesenbäumen, deren Zweige sich bis auf den Boden ausbreiteten. Cedrik wußte nicht, daß das Schloß Dorincourt einer der schönsten Landsitze Englands war und daß der Park und seine alten Bäume ihresgleichen suchten, aber er empfand die Schönheit, die ihn umgab. Die untergehende Sonne warf ihre schrägen Strahlen auf den Rasen, ringsum herrschte tiefe, wundersame Stille. Mehrmals fuhr der Knabe mit einem kleinen Aufschrei in die Höhe, wenn ein Kaninchen aus dem Blätterwerk huschte, und als plötzlich ein Volk Rebhühner vor ihnen aufstieg, klatschte er glückselig in die Hände.

»Hier ist's aber schön!« rief er. »So was habe ich nie gesehen. Es ist schöner als der Centralpark!«

Die lange Dauer der Fahrt setzte ihn sehr in Erstaunen.

»Wie weit ist es denn,« fragte er endlich, »vom Parkthor bis zum Schlosse?«

»Drei bis vier Meilen,« erwiderte Mr. Havisham.

»Einen langen Weg hat der Großvater bis zu seinem eignen Thore,« bemerkte der kleine Lord nachdenklich.

Jeden Augenblick entdeckte er etwas Neues, als er aber das Hochwild gewahrte, das teils im Grase lag, teils auf das Geräusch des Wagens hin die hübschen Köpfe mit den mächtigen Geweihen erhoben hatte, war er ganz außer sich.

»Ist denn ein Cirkus dagewesen,« rief er jubelnd, »oder leben die immer hier? Wem gehören sie?«

»Deinem Großvater,« belehrte Mr. Havisham.

Bald darauf kam das Schloß in Sicht. Der schöne, stolze Bau erhob sich grau und ehrwürdig vor ihnen, die letzten Strahlen der Abendsonne glitzerten auf den zahlreichen Fenstern. Giebel und Türme und Zinnen hoben sich klar vom Abendhimmel ab, der ganze Bau war von üppigem Epheu umrankt und auf den breiten Terrassen, die zum Eingang hinaufführten, waren reiche, farbenprächtige Blumenbeete.

»Das ist das Allerschönste, was ich je gesehen habe,« rief Ceddie mit leuchtenden Augen. »Wie ein Königsschloß, so war gerade eins in meinem Märchenbuche!«

Er sah, wie die schweren Thürflügel aufgerissen wurden, und sah die Dienerschaft in zwei Reihen antreten, was ihn sehr in Erstaunen setzte, da es ihm nicht in den Sinn kam, daß dies zu Ehren des kleinen Jungen geschah, dem einst all' diese Pracht und Herrlichkeit zu eigen sein würde – das Schloß aus dem Märchenbuche, die großen alten Bäume, der herrliche Park, die Gründe voll Farnkraut und Glockenblumen, wo die Hasen und Kaninchen umhersprangen und die großäugigen gefleckten Hirsche und Rehe, die im tiefen Grase lagerten. Kaum ein paar Wochen war es her, daß er in Mr. Hobbs' Laden gesessen hatte und seine Beinchen von dem hohen Schreibstuhle herunterbaumelten, und er konnte unmöglich all diese Pracht und Feierlichkeit auf sein kleines Ich beziehen. An der Spitze der Dienerschaft stand eine ältliche Frau in glattem, schwerem schwarzen Seidenkleide, mit einer Haube auf dem grauen Haare. Als er die Halle betrat, stand sie ihm zunächst und Cedrik sah ihr an, daß sie mit ihm sprechen wolle. Mr. Havisham, der ihn an der Hand führte, stand einen Augenblick still.

»Hier bringe ich Lord Fauntleroy, Mrs. Mellon,« sagte er. »Lord Fauntleroy, dies ist Mrs. Mellon, die Haushälterin.«

Cedrik gab ihr mit einem freudigen Aufleuchten die Hand.

»Haben Sie uns die Katze geschickt?« fragte er. »Ich danke Ihnen tausendmal dafür!«

Das hübsche Gesicht der alten Frau glänzte gerade so freudig wie das der Portiersfrau.

»Ich würde Seine Herrlichkeit an jedem Orte erkannt haben,« sagte sie zu Mr. Havisham, »er ist ja ganz und gar sein Vater. Das ist ein großer Tag heute, Sir.«

Cedrik sah sie neugierig an und hätte für sein Leben gern gewußt, weshalb gerade heute ein großer Tag sei. Noch befremdlicher war ihm, daß sie Thränen in den Augen hatte und doch offenbar nicht traurig war, denn sie lächelte ihn freundlich an.

»Die Katze hat zwei wunderhübsche Junge hier gelassen,« sagte sie, »man wird sie sofort auf Eurer Herrlichkeit Zimmer bringen.«

Mr. Havisham richtete halblaut eine Frage an sie.

»In der Bibliothek, Sir,« erwiderte Mrs. Mellon. »Der Lord Fauntleroy soll allein vorgelassen werden.«

Ein paar Minuten darauf öffnete der stattliche Livreebediente, der Cedrik zu der Bibliothek geführt hatte, die Thür derselben und meldete: »Lord Fauntleroy, Mylord.« Er that es mit besondrer Feierlichkeit, denn auch er fühlte, daß es ein großer Moment war, wo der Erbe sein Eigentum betrat und dem Familienhaupte vorgestellt wurde, dessen Rang und Besitz dereinst sein eigen werden sollte.

Cedrik schritt über die Schwelle. Es war ein großer, prächtiger Raum mit schweren, geschnitzten, eichnen Möbeln, die Wände bis hoch hinauf mit Büchergestellen bedeckt. Die Möbel waren so dunkel, die Vorhänge so schwer, die Fensternischen so tief und die Entfernung zwischen Thür und Fenster so groß, daß nun, nach Sonnenuntergang, der ganze Eindruck des Raumes ein düsterer war. Im ersten Augenblicke glaubte Cedrik, daß überhaupt niemand im Zimmer sei, entdeckte aber gleich darauf vor dem Feuer, das trotz des warmen Abends in dem riesigen Kamin brannte, in einem bequemen, Lehnstuhl eine Gestalt, die sich aber nicht nach ihm umwendete.

Bei einem andern Bewohner des Zimmers hatte er jedoch Aufmerksamkeit erregt.

Neben dem Lehnstuhle lag an der Erde ein Hund, eine ungeheure braungelbe Dogge, fast so groß und gewaltig wie ein Löwe – majestätisch und langsam erhob sich das mächtige Tier und ging mit schwerem, wuchtigem Schritt auf die schlanke Kindesgestalt zu.

»Dougal,« erklang nun eine Stimme aus dem Lehnstuhle, »hierher.« Allein dem Herzen des jungen Lord war Furcht so fremd wie alles Böse, und er war von jeher ein tapferer kleiner Geselle gewesen. Vertraulich und ruhig legte er sein Händchen an des Ungeheuers Halsband und dann schritten sie einträchtig miteinander auf den Grafen zu.

Endlich blickte dieser auf und Cedrik sah in das Gesicht eines großen alten Mannes mit wirrem, weißem Haar, buschigen Augenbrauen und einer kühnen Adlernase zwischen den feurigen, blitzenden Augen. Der Graf aber erblickte eine anmutige Kindergestalt in einem schwarzen Samtanzug mit breitem Spitzenkragen und weichen blonden Locken, die das frische, rosige Gesicht umrahmten, aus dem ein Paar großer brauner Augen ihm treuherzig entgegenleuchtete. Wie ein plötzlicher Jubelruf und ein frohlockendes Triumphieren zog's dem harten alten Manne durchs Herz, als er wahrnahm, was für ein kräftiger, schöner Knabe sein Enkel war, und wie unerschrocken er ihm ins Gesicht sah, die Hand noch immer auf dem Halse seines riesigen Hundes. Es that dem herrischen alten Edelmanne im Innersten wohl, daß der Junge keine Schüchternheit und keine Furcht verriet, weder vor ihm noch vor seinem Hunde.

»Bist du der Graf?« sagte Cedrik mit seinem freundlichen Lächeln. »Ich bin dein Enkel, den Mr. Havisham geholt hat – Lord Fauntleroy.« Er streckte ihm dabei sein Händchen hin, was er für angemessen und höflich hielt auch bei Grafen. »Ich hoffe, es geht dir gut,« fuhr er herzlich fort, »und ich freue mich sehr, dich zu sehen.«

Der Graf schüttelte ihm die Hand und es zuckte wunderlich über sein Gesicht; fürs erste war er so überrascht, daß er kaum wußte, was er sagen solle. Er blickte unverwandt auf das hübsche kleine Bild, das da in Fleisch und Blut vor ihm stand.

»Du freust dich wirklich, mich zu sehen?«

»Gewiß,« versicherte Lord Fauntleroy, »sehr.«

Ein Stuhl stand neben dem des Grafen und Cedrik setzte sich. Das hochlehnige, breite Möbel war für ein andres Format von Sitzenden berechnet und die Beinchen des Kleinen reichten bei weitem nicht auf den Boden, allein es schien ihm doch ganz behaglich darauf zu sein und er blickte das ehrwürdige Familienhaupt bescheiden aber unverwandt an.

»Ich habe mir immer Gedanken gemacht, wie du wohl aussehen würdest,« begann er wieder. »Auf dem Schiffe, wenn ich so in meinem Bette lag, habe ich immer gedacht, ob du wohl meinem Papa ähnlich siehst.«

»Nun, und findest du das?« fragte der Graf.

»Ach, du weißt ja, ich war noch sehr klein, als er gestorben ist, und da kann's wohl sein, daß ich mich nicht genau erinnere, aber ich meine, du siehst ganz anders aus.«

»Enttäuscht also – hm?«

»O, ganz und gar nicht!« versicherte der kleine Kritiker höflich. »Natürlich hätte ich mich ja gefreut, wenn du wie mein Papa wärest, aber jedes Kind ist doch ganz zufrieden damit, wie sein Großvater aussieht, auch wenn es ihn sich anders gedacht hat. – Du weißt ja, Verwandte bewundert man immer.«

Der Graf lehnte sich in seinen Stuhl zurück und sah einigermaßen verblüfft drein. Er hatte im Bewundern seiner Verwandten leider wenig Erfahrung; er hatte seine Mußestunden meist dazu verwendet, sich mit ihnen zu zanken, sie aus dem Hause zu jagen und allerhand schmeichelhafte Benennungen für sie zu erfinden, weshalb er auch bei allen gründlich verhaßt war.

»Jedes Kind hat seinen Großvater lieb,« fuhr Lord Fauntleroy fort, »besonders einen, der so gut ist, wie du es gegen mich gewesen bist.«

Wieder flog ein seltsamer, rascher Blick aus den tiefliegenden Augen zu ihm hinüber.

»Ach so,« sagte er, »ich bin also gut gegen dich gewesen, meinst du?«

»Freilich,« erwiderte Cedrik fröhlich, »und ich bin dir auch so dankbar wegen Bridget und der Apfelfrau und Dick.«

»Bridget?« wiederholte der Graf, »Dick, die Apfelfrau?«

»Ja natürlich,« erläuterte Cedrik, »alle die, für welche du mir das viele Geld gegeben hast – das Geld, das Mr. Havisham mir zu meinem Vergnügen von dir gebracht hat.«

»Ach so! Davon ist die Rede! Das Geld, das du ausgeben durftest. Nun, was hast du dir dafür gekauft? Ich möchte gern etwas darüber erfahren.«

Er zog die dichten Augenbrauen in die Höhe und faßte den Knaben scharf ins Auge; er war wirklich neugierig, in welcher Weise derselbe seine kleinen Launen befriedigt haben mochte.

»O,« begann Lord Fauntleroy, »am Ende hast du gar nichts von Dick und Bridget und der Apfelfrau gewußt. Ich habe gar nicht daran gedacht, wie weit weg du wohnst. Die sind nämlich besondre Freunde von mir und, mußt du wissen, Michael hat das Fieber gehabt.«

»Wer ist denn Michael?« fiel ihm der Graf ins Wort.

»Michael? Ach, das ist Bridgets Mann und die waren in großer Not. Wenn ein Mann krank ist und nicht arbeiten kann und zwölf Kinder hat, kannst du dir ja denken, wie das ist.«

Nun folgte die ausführliche Schilderung aller Leiden der armen Bridget und ihres Jubels, als er ihr das Geld »von dir, Großvater!« hatte geben dürfen, und »deshalb bin ich dir so dankbar,« schloß er seinen Bericht.

»So so!« bemerkte der Graf mit seiner tiefen Stimme, »das war also eins von den Dingen, die du zu deinem Vergnügen thatest. Nun, und was hast du sonst mit deinem Reichtum angefangen?«

Dougal hatte sich, nachdem Cedrik Platz genommen, neben dessen Stuhl gesetzt und hatte ihm mehrmals, wenn er so lebhaft sprach, ernsthaft ins Gesicht geblickt, als ob ihm diese Unterredung höchst interessant wäre. Dougal war ein würdevoller, feierlicher Hund, viel zu ernst und zu groß, um das Leben leicht zu nehmen. Der alte Graf, der ihn genau kannte, hatte ihn insgeheim aufmerksam beobachtet. Es war sonst nicht des Tieres Art, rasch Bekanntschaften zu schließen, und sein Herr war überrascht, wie ruhig er sich unter dem Druck der Kinderhand verhielt, nun aber sah sich Dougal den kleinen Lord noch einmal prüfend und würdevoll an, um gleich darauf seinen gewaltigen Löwenkopf auf das schwarze Samtknie des Jungen zu legen, der den neuen Freund gelassen streichelte, indem er dem Grafen zur Antwort gab: »Ja, da war dann die Geschichte mit Dick. Dick, der würde dir gefallen, der ist ein famoser Bursche.«

Der alte Herr sah etwas verwundert drein.

»Er ist so ehrlich,« fuhr Ceddie mit Wärme fort, »und er greift nie einen Jungen an, der kleiner ist, als er, und die Stiefel macht er so blank, daß sie wie ein Spiegel sind: er ist nämlich Schuhputzer,«

»Und auch ein Bekannter von dir – hm?«

»Ein alter Freund von mir,« versetzte der Enkel, »kein so alter wie Mr. Hobbs, aber wir kennen uns auch schon sehr lange. Gerade ehe das

Schiff abgefahren ist, brachte er mir ein Geschenk,« dabei zog er einen sorgfältig zusammengelegten Gegenstand aus der Tasche und entfaltete mit zärtlichem Stolze das pompöse rotseidene Tuch mit den geschmackvollen Hufeisen.

»Das hat er mir gegeben, das soll ich immer tragen. Man kann's als Halstuch benutzen oder auch als Taschentuch. Er hat's von dem ersten Gelde gekauft, das er verdient hat, nachdem Jack ausbezahlt war und er die neuen Bürsten von mir bekommen hatte – 's ist ein Andenken. In die Uhr für Mr. Hobbs hab ich einen Vers schreiben lassen: ›Die Uhr, sie spricht: Vergiß mich nicht,‹ und ich werde Dick auch nicht vergessen; so oft ich das Tuch sehe, werde ich an ihn denken.«

Die Empfindungen Seiner Herrlichkeit des Grafen Dorincourt waren nicht leicht zu schildern. Ein gut Stück Welt und Menschen aller Art hatte er gesehen und war eben nicht leicht zu verblüffen; aber hier trat ihm etwas so Neues und Unerhörtes entgegen, daß es ihm fast den Atem benahm und die merkwürdigste Erregung in dem alten Edelmanne hervorrief. Er hatte sich nie mit Kindern beschäftigt; seine Passionen und Vergnügungen hatten ihm dazu nie Muße gelassen, und seine eignen Jungen waren ihm nie sehr interessant gewesen – höchstens erinnerte er sich dunkel, daß Cedriks Vater ein hübscher, kräftiger Knabe gewesen war. Im allgemeinen war ihm ein Kind immer wie ein höchst lästiges kleines Tier vorgekommen, gefräßig, egoistisch und lärmend, wenn man es nicht in strenger Zucht hielt. Seine beiden Aeltesten hatten ihren Erziehern und Lehrern stets Grund zu Klagen und Verdruß gegeben, und von dem Jüngsten glaubte er nur deswegen weniger Schlimmes gehört zu haben, weil derselbe als solcher für keinen Menschen von Bedeutung war. Daß er seinen Enkel lieb gewinnen könnte, war ihm nie in den Sinn gekommen – er hatte ihn in sein Haus bringen lassen, weil er seinen Namen dereinst nicht durch einen unerzogenen Lümmel wollte lächerlich machen lassen und er überzeugt war, daß der Junge in Amerika nur ein Halbnarr oder ein clownartiges Geschöpf werden konnte. Er hatte an seinen Söhnen so viel Demütigungen erlebt und war über Kapitän Errols amerikanische Heirat so entrüstet, daß er etwas Erfreuliches bei seiner Nachkommenschaft nicht mehr vermutete, und als der Diener ihm Lord Fauntleroy gemeldet, hatte er sich fast gefürchtet, den Jungen anzusehen.

Das war auch der Grund, weshalb er ihn hatte allein sehen wollen; seinem Stolz war der Gedanke eines Zeugen seiner Enttäuschung unerträglich. Aber selbst in den Stunden, wo er mit mehr Hoffnung in die Zukunft geblickt, hatte er sich nie träumen lassen, daß sein Enkel so aussehen könnte, wie die entzückende Kindergestalt, die, das Händchen auf dem Kopfe seines etwas gefährlichen Lieblings, so zuversichtlich und vertrauensvoll vor ihn trat. Diese Ueberraschung brachte den harten alten Mann schier um seine Fassung. Und dann begann ihre Unterhaltung, in deren Verlauf sein Erstaunen sich mehr und mehr steigerte. Erstens einmal war er seiner Lebtage gewöhnt, die Leute in seiner Gegenwart scheu und verlegen zu sehen, und hatte deshalb von seinem Enkel auch nichts andres erwartet; statt dessen sah der kleine Junge in ihm offenbar nichts als einen Freund, dessen Liebe ihm von Gott und Rechts wegen gehörte, und behandelte ihn als solchen. Wie der kleine Bursche so dasaß in dem großen Stuhle und mit seiner weichen Stimme herzlich und fröhlich plauderte, ward es ihm ganz klar, daß der Gedanke, der große, grimmig dreinschauende alte Mann könnte ihn nicht lieb haben oder sich nicht freuen, ihn bei sich zu sehen, nie in des Kindes Sinn gekommen war, und daß Cedrik seinerseits ebenso kindlich und zuversichtlich bestrebt war, dem Großvater zu gefallen. Hart, grausam und hochfahrend, wie der alte Graf war, konnte er sich doch einer heimlichen Freude bei dieser neuen Empfindung nicht entschlagen und fand es, bei Lichte besehen, recht angenehm, einmal jemand zu begegnen, der ihm nicht mißtraute, nicht vor ihm zurückschreckte und die schlimmen Seiten seiner Natur nicht ahnte, jemand, der ihn mit hellen Augen vertrauensvoll ansah – und wär's auch nur ein kleiner Junge in einem schwarzen Samtanzuge! So lehnte sich der alte Mann behaglich in seinen Stuhl zurück und ermunterte seinen jungen Gefährten zum Plaudern, wobei es immer seltsam um seine Mundwinkel zuckte. Lord Fauntleroy entfaltete sein ganzes Konversationstalent und schwatzte unbefangen und vertraulich; die ganze Geschichte von Dick und Jack, die Verhältnisse der Apfelfrau aus altem Geschlecht und seine Freundschaft mit Mr. Hobbs wurden dem Großvater anvertraut, woran sich dann eine begeisterte Schilderung des republikanischen Wahltriumphes in all seiner Pracht und Herrlichkeit samt Bannern, Transparenten, Fackeln und Raketen anschloß. Schließlich kam er auch auf den 4. Juli zu sprechen und geriet in große Ekstase, bis ihm plötzlich etwas in den Sinn kam und er unvermittelt abbrach.

»Nun, was gibt's?« fragte der Großvater. »Weshalb sprichst du nicht weiter?« -

Lord Fauntleroy rückte verlegen auf seinem Stuhle hin und her.

»Es fiel mir eben ein, daß du das vielleicht nicht gerne hörst,« erwiderte er. »Vielleicht ist einer von deinen Angehörigen dabei gewesen. Ich habe gar nicht daran gedacht, daß du ein Engländer bist.«

»Sprich nur ruhig weiter,« sagte Mylord. »Ich habe keine persönlichen Beziehungen zu der Sache. Du hast wohl auch vergessen, daß du ein Engländer bist.«

»O nein,« fiel ihm Cedrik rasch ins Wort, »ich bin ein Amerikaner.«

»Du bist ein Engländer,« erklärte der alte Herr kurz. »Dein Vater war ein Engländer.«

Die Sache war ihm ziemlich spaßhaft. Cedrik dagegen nahm es sehr ernst. Auf eine solche Auffassung der Dinge war er nicht vorbereitet gewesen, und sein Gesichtchen ward dunkelrot.

»Ich bin in Amerika geboren,« protestierte er, »und wenn man in Amerika geboren ist, muß man ein Amerikaner sein. Es thut mir leid, daß ich dir widersprechen muß,« setzte er artig und rücksichtsvoll hinzu. »Mr. Hobbs hat mir gesagt, daß, wenn wieder einmal ein Krieg käme, ich ein Amerikaner sein müßte.«

Der Graf stieß ein kurzes Lachen aus, es klang hart und grimmig, aber es war doch ein Lachen.

»Und das würdest du thun?« sagte er.

Er haßte Amerika und die Amerikaner, aber der ernsthafte eifrige Patriotismus des kleinen Mannes ergötzte ihn, und er sagte sich, daß aus diesem guten Amerikaner seiner Zeit ein guter Engländer werden könne.

Weitere Vertiefung in die Politik ward durch die Meldung, daß aufgetragen sei, abgeschnitten. Cedrik erhob sich sofort und ging zum Großvater hin, mit einem bedenklichen Blick auf dessen gichtisches Bein.

»Soll ich dir helfen?« fragte er freundlich. »Du kannst dich auf mich stützen, weißt du. Einmal hat Mr. Hobbs einen schlimmen Fuß gehabt, weil ihm ein Kartoffelsack darauf gefallen war, da hab' ich ihn immer geführt.«

Der feierliche Diener hätte fast seine Stellung und seinen Ruf durch ein unziemliches Lächeln aufs Spiel gesetzt. Es war ein sehr vornehmer Diener, der immer nur in aristokratischen Diensten gestanden hatte und sich vollständig entwürdigt und entehrt gefühlt haben würde, wenn er sich etwas so Unverzeihliches gestattet hätte, wie ein Lächeln in Gegenwart der Herrschaft. Diesmal aber war die Gefahr groß gewesen, und er konnte sich nur dadurch retten, daß er über seines Herrn Schulter hinweg unverwandt auf ein besonders häßliches Bild hinstarrte.

Der Graf maß den ritterlichen kleinen Knirps von Enkel vom Kopf bis zu den Füßen.

»Meinst du, daß du das könntest?« fragte er rauh.

»Ich glaube ja,« erwiderte Cedrik. »Ich bin sehr stark, weißt du, bin auch schon sieben. Du kannst dich auf einer Seite auf deinen Stock stützen und auf der andern auf mich. Dick sagt, daß ich gute Muskeln habe für einen Jungen von sieben.«

Er streckte den Arm stramm aus, damit der Graf die Kraft seiner von Dick belobten Muskeln sehe, und sah dabei so ernsthaft und wichtig drein, daß der Bediente wieder genötigt war, seine volle Aufmerksamkeit dem häßlichen Bilde zuzuwenden.

»Wohl und gut,« entschied der Graf, »du sollst's versuchen.«

Cedrik reichte ihm seinen Stock und half ihm beim Aufstehen. Dies war in der Regel des Bedienten Amt, der dabei manch' derben Fluch zu hören kriegte und oft und viel innerlich vor Empörung knirschte. Heute ging die Sache ohne Fluchen ab, obwohl die Gicht manch bösen Reißer that, allein der Graf wollte nun einmal den Versuch machen. Langsam erhob er sich und legte die Hand auf die schmale Schulter, die ihm so mutig als Stütze geboten wurde. Vorsichtig that Lord Fauntleroy einen Schritt vorwärts und sah dabei sorgfältig auf das kranke Bein.

»Stütze dich nur recht fest auf mich,« sagte er ermutigend. »Ich will ganz langsam gehen.«

Wenn der Graf seinen Diener zum Führer gehabt hätte, würde er sich allerdings weniger auf seinen Stock und mehr auf jenen gestützt haben, und doch hielt er es bei seinem Experiment auch für nötig, den Enkel sein Gewicht fühlen zu lassen, das in der That nicht leicht war. Nach wenig Schritten war denn auch das kleine Gesicht dunkelrot und sein Herz fing an, heftig zu klopfen, allein er stemmte sich mächtig gegen des Großvaters Hand und erinnerte sich Dicks Ausspruch über seine Muskeln.

»Hab nur keine Angst und stütze dich fest auf,« keuchte er, »ich kann es ganz gut, wenn – wenn es nicht zu weit ist.«

Es war eigentlich kein langer Weg zum Speisezimmer, und doch kam es Cedrik wie eine Ewigkeit vor, bis sie den Stuhl am oberen Ende der Tafel erreicht hatten. Die Hand auf seiner Schulter schien mit jedem Schritte wuchtiger zu lasten, sein Köpfchen ward immer heißer und sein Atem kürzer, allein er dachte nicht daran, seinen Dienst aufzugeben; er machte seine Muskeln ganz steif, hielt sich kerzengerade und sprach dem bedenklich hinkenden alten Herrn Trost zu.

»Thut dir der Fuß so sehr weh, wenn du darauf stehst?« fragte er. »Hast du ihn nie in heißes Wasser mit Senfmehl gesteckt? Das hat Mr. Hobbs gut gethan.«

Der große Hund schritt gravitätisch nebenher und der Diener folgte. Mehr als einmal flog ein eigentümliches Lächeln über sein Gesicht, wenn er beobachtete, wie die kleine Gestalt all ihre Kraft zusammennahm und ihre Last so gutwillig trug, und auch des Grafen Blick streifte ein paarmal mit seltsamem Ausdrucke das erhitzte Kindergesicht.

Als sie das Speisezimmer betraten, bemerkte Cedrik, daß auch dies ein sehr großer, imposanter Raum war, und daß der Diener, welcher hinter des Grafen Stuhl stand, die Eintretenden höchst erstaunt anstarrte. Endlich war der Stuhl erreicht; die Hand löste sich von seiner Schulter und der Graf ward bequem installiert.

Cedrik zog Dicks Taschentuch hervor und trocknete sich die Stirn.

»Es ist heiß heute abend, nicht?« fragte er. »Wahrscheinlich mußt du ein Feuer haben wegen – wegen deinem Fuß, nur mir kommt's ein wenig heiß vor.«

Sein angeborener Takt bewahrte ihn davor, irgend etwas auch nur scheinbar zu tadeln.

»Du hast soeben ein hartes Stück Arbeit gehabt,« bemerkte der Graf.

»O nein! Das war gar nicht hart, nur heiß ist mir's geworden,« und damit behandelte er seine feuchten Locken energisch mit dem Taschentuche.

Lord Fauntleroys Platz am Tische war seinem Großvater gegenüber, ein breiter Armstuhl nahm auch hier die schmale Gestalt auf. Alles, was er bis jetzt gesehen hatte, die hohen weiten Räume, die kolossalen Möbel, die stattlichen hochgewachsenen Diener, der ungeheure Hund und der Großvater selbst, alles war dazu angethan, ihm die eigne Kleinheit vor Augen zu bringen. Dies beunruhigte Cedrik jedoch keineswegs; für sehr groß oder sehr wichtig hatte er sich nie gehalten, und er war mit Freuden bereit, sich auch Verhältnissen anzupassen, die etwas Ueberwältigendes für ihn zu haben schienen. Freilich hatte er kaum je so winzig ausgesehen, als in dem weiten Lehnstuhle an der feierlichen Tafel.

Trotzdem er so einsam lebte, hielt der Graf seinen Haushalt auf großem Fuße, und das Diner war ein wichtiges Moment in seinem Leben und natürlich auch in dem des Koches, für den die Tage, an welchen Seine Herrlichkeit keinen Appetit hatte, schwere Prüfungen brachten. Heute jedoch schien der Appetit besser als sonst, und die Kritik über die »Entrees« und die Bereitung der Saucen war nicht so gründlich, weil er häufig über den Tisch hinüber nach seinem Enkel blicken mußte. Er selbst sprach wenig, erhielt aber sein kleines Gegenüber gut im Zuge und fand es zu seinem eignen Erstaunen ganz unterhaltend, ihm zuzuhören. Dabei freute er sich im stillen darüber, wie fest er sich auf den kleinen Kerl gestützt hatte, um dessen Mut und Ausdauer zu prüfen, und wie vortrefflich dieser die Probe bestanden.

»Du hast deine Grafenkrone nicht immer auf?« fragte Lord Fauntleroy bescheiden.

»Nein,« erwiderte der Graf mit seinem merkwürdig grimmigen Lächeln, »sie steht mir nicht besonders.«

»Mr. Hobbs hat zuerst gemeint, du werdest sie immer tragen, dann sagte er aber auch, du werdest sie hier und da ablegen, wenn du den Hut aufsetzest zum Beispiel.«

»Ja, ja,« sagte der Graf, »gelegentlich lege ich sie ab.«

Einer der Diener mußte sich plötzlich abwenden, um hinter der vorgehaltenen Hand ein eigentümliches Husten hervorzustoßen.

Cedrik hatte seine Mahlzeit zuerst beendet, lehnte sich in seinem Stuhle zurück und sah sich im Zimmer um.

»Du mußt sehr stolz sein auf dein Haus,« bemerkte er, »es ist so schön und der Park, der ist so herrlich.« Dann hielt er einen Augenblick inne und sah merkwürdig bedeutungsvoll zum Grafen hinüber. »Ist das Haus nicht sehr groß für nur zwei Menschen, die drin leben?«

»Groß genug jedenfalls,« versetzte der Graf. »Ist dir's zu groß?«

Seine kleine Herrlichkeit zögerte einen Augenblick.

»Ich dachte nur so, daß, wenn zwei Leute drin wohnten, die nicht gut zusammen passen, dann könnte man sich recht einsam vorkommen.«

»Glaubst du, daß wir gut zusammen passen werden?«

»O ja, gewiß. Mr. Hobbs und ich, wir sind sehr gute Freunde gewesen. Er war der beste Freund, den ich hatte, außer Herzlieb.«

Der Graf zog die buschigen Augenbrauen ein wenig in die Höhe.

»Wer ist das, Herzlieb?«

»Meine Mama,« sagte Lord Fauntleroy mit seltsam leisem, ruhigem Tone.

Die Tafel war aufgehoben und man begab sich wieder in die Bibliothek. Diesmal führte der Diener den Grafen auf der einen Seite, die andre Hand aber stützte derselbe wieder auf des Enkels Schulter, nur nicht so wuchtig wie zuvor. Nachdem der Diener sich zurückgezogen hatte, lagerte sich Cedrik auf dem Teppiche vor dem Kamine neben Dougal, streichelte den Hund und blickte schweigend auf das Feuer.

Der Graf beobachtete ihn scharf. Es war ein Ausdruck von Sehnsucht und tiefem Nachsinnen in des Kindes Augen, und ein paarmal seufzte er leise.

»Fauntleroy,« begann der alte Herr schließlich,»woran denkst du?«

»An Herzlieb,« erwiderte er,»und – und es wird besser sein, wenn ich ein wenig aufstehe und im Zimmer herumgehe.«

Er erhob sich, steckte die Hände in die Taschen und fing an, auf und ab zu gehen. Seine Augen leuchteten verdächtig, und er hatte die Lippen aufeinander gepreßt. Aber er hielt den Kopf hoch und trat sicher und fest auf. Langsam stand Dougal auch auf, sah eine Weile zu ihm hinüber, dann schritt er auf das Kind zu und folgte ihm. Cedrik zog eine Hand aus der Tasche und legte sie dem Hunde auf den Kopf.

»Ein guter Hund, der,« sagte er.»Er ist schon ganz mein Freund und weiß, wie mir's zu Mute ist.«

»Wie ist dir's denn zu Mute?" fragte der Graf.

Es war ihm unbehaglich, mit anzusehen, wie der kleine Mensch da zum erstenmal mit seinem Heimweh kämpfte, und doch freute er sich, daß Cedrik sich so tapfer hielt: der kindliche Mut gefiel ihm.

»Komm her,« sagte er.

Fauntleroy kam sofort.

»Ich bin noch nie von Hause weg gewesen,« sagte das Kind, die großen braunen Augen etwas mühsam aufreißend, »'s ist eine sonderbare Sache, wenn man auf einmal die ganze Nacht in jemandes Schloß bleiben soll, statt nach Hause zu gehen. Aber Herzlieb ist ja nicht so sehr weit weg, daran soll ich denken, hat sie gesagt, und – und ich bin ja schon sieben – und ich kann auch ihr Bild ansehen, sie hat mir's gegeben,«

Er fuhr mit der Hand in die Tasche und zog ein kleines Etui von dunkelblauem Samt hervor. »Hier ist es. Sieh, wenn man daran drückt, so springt es auf und drin ist sie!«

Er lehnte sich dabei so vertrauensvoll an des Grafen Arm, als ob dies von jeher sein Platz gewesen wäre.

»Das ist sie,« sagte er und sah lächelnd zu ihm auf.

Der Graf zog finster die Augenbrauen zusammen. Er wollte das Bild nicht sehen und warf trotzdem einen Blick darauf. Es erschreckte ihn förmlich, ein so junges, hübsches Gesicht vor sich zu haben, mit den nämlichen braunen Augen, wie das Kind an seiner Seite.

»Vermutlich glaubst du, sie sehr lieb zu haben?«

»Ja,« erwiderte Cedrik sanft und einfach, »das glaube ich und das ist auch so. Weißt du, Mr. Hobbs war mein Freund, und Dick auch und Mary, aber Herzlieb und ich, wir sind doch die aller-allerbesten Freunde und sagen einander alles. Und ich muß auch für sie sorgen, weil mein Papa das nicht mehr thun kann — wenn ich groß bin, werd' ich arbeiten und Geld verdienen.«

»Wie gedenkst du denn das anzufangen?« erkundigte sich der Großvater. - Seine kleine Herrlichkeit setzte sich wieder auf den Kaminvorsetzer, hielt das Bild in der Hand und schien sich seine Antwort reiflich zu überlegen.

»Ich habe schon gedacht, ich könnte in Mr. Hobbs' Geschäft eintreten,« sagte er, »aber lieber würde ich Präsident.«

»Da schicken wir dich besser ins Oberhaus,« sagte der Graf.

»Ja nun, falls ich nicht Präsident werden kann und das auch ein gutes Geschäft ist, will ich's wohl thun. Spezereigeschäfte sind nicht immer unterhaltend.«

Vielleicht dachte er noch weiter über den Gegenstand nach, denn er blieb ganz ruhig sitzen und sah ins Feuer. Der Graf sprach nichts mehr, lehnte sich in seinen Fauteuil zurück und beobachtete das Kind.

Manch neuer, ihm fremder Gedanke mochte den alten Edelmann beschäftigen. Dougal hatte sich lang ausgestreckt, den mächtigen Kopf auf die breiten Tatzen gelegt und schlief – tiefes Schweigen herrschte. Als eine halbe Stunde später Mr. Havisham in das Zimmer geführt wurde, machte ihm der Graf halb unwillkürlich ein hastiges Zeichen, leise aufzutreten, Dougal schlief noch immer, und neben ihm, das lockige Köpfchen auf den kleinen Arm gelegt, schlummerte Lord Fauntleroy.

Sechstes Kapitel

Der Graf und sein Erbe

Als Lord Fauntleroy am andern Morgen erwachte, hörte er ein Stimmengeflüster, und als er sich umdrehte und die Augen aufschlug, entdeckte er zwei Frauen in seinem Zimmer. Alles sah lustig und hell aus, der Sonnenschein fiel durch das epheuumrankte Fenster und tanzte fröhlich auf dem bunten, großblumigen Kattun, mit dem alles bezogen war. Die Frauen traten an sein Bett und er erkannte nun eine derselben als Mrs. Mellon, die Haushälterin; die andre dagegen war ihm fremd, hatte aber ein so gutmütiges, wohlwollendes Gesicht, als man sich's nur wünschen konnte.

»Guten Morgen, Mylord,« sagte Mrs. Mellon. »Gut geschlafen?«

Seine Herrlichkeit rieb sich die Augen und lachte.

»Guten Morgen,« sagte er, »ich weiß gar nicht, wo ich bin.«

»Sie wurden gestern abend schlafend hier heraufgetragen in Eurer Herrlichkeit Schlafzimmer, und hier ist Dawson, die Sie zu bedienen hat,« erläuterte Mrs. Mellon.

Fauntleroy saß im Bette auf und bot Dawson die Hand, gerade wie er sie auch dem Grafen geboten hatte.

»Guten Morgen,« sagte er, »ich bin Ihnen sehr dankbar, daß Sie für mich sorgen wollen. Miß Dawson oder Mrs. Dawson bitte?«

»Ganz einfach Dawson, Mylord!« erwiderte die Angeredete, freudestrahlend und knicksend. »Weder Miß noch Mrs., Gott segne Eure Herrlichkeit! Wollen Sie jetzt aufstehen und sich ankleiden lassen und dann im Kinderzimmer frühstücken?«

»Anziehen kann ich mich schon seit ein paar Jahren allein. Danke,« erwiderte Cedrik. »Herzlieb hat es mir gezeigt, Herzlieb ist meine Mama. Mary mußte ja bei uns ganz allein alle Arbeit thun und waschen, da hätte man ihr nicht auch noch die Mühe machen können. Auch mein Bad kann ich so ziemlich allein besorgen, wenn Sie dann nur so gut sein wollen und die Ecken 'xaminieren, wenn ich fertig bin.«

Dawson und die Haushälterin wechselten Blicke.

»Dawson wird alles thun, was Sie wünschen,« sagte Mrs. Mellon.

»Das will ich wahrhaftig und von Herzen gern,« versicherte die behäbige Matrone.» Wenn Mylord sich lieber selbst ankleidet, soll er's nur thun, und ich werde dabei stehen und warten, ob ich nicht etwas helfen kann.«

»Das ist nett von Ihnen, denn manchmal ist's ein bißchen schwierig mit den vielen Knöpfen, und dann kann ich Sie doch fragen.«

Er fand, daß diese Dawson eine sehr gute Frau sei, und als sie mit dem Bade und dem Ankleiden zu Ende waren, hatte er schon viel Interessantes erfahren und die Freundschaft war geschlossen. Er wußte, daß ihr Mann Soldat gewesen und in einer richtigen Schlacht ums Leben gekommen war, daß ihr Sohn Matrose sei, und daß sie selbst ihr lebenlang für die verschiedensten Kinder gesorgt und jetzt eben aus einem sehr vornehmen Hause kam, wo sie ein wunderschönes kleines Mädchen, Namens Lady Gwyneth Vaughn, bedient hatte.

»Und die ist auf eine Art mit Mylord verwandt,« schloß Dawson, »vielleicht werden Sie sie einmal sehen.«

»Glauben Sie wirklich?« sagte Cedrik erfreut. »Das würde mich sehr freuen! ich kenne noch gar kein kleines Mädchen, aber ich habe sie immer gern angesehen.«

Als er in das anstoßende Zimmer trat, das ebenfalls sehr groß und hoch war, und von Dawson hörte, daß das nächste, dritte Zimmer auch ihm gehöre, überkam ihn das Gefühl seines Kleinseins wieder so mächtig, daß er sich gegen Dawson darüber aussprach, während er an dem hübsch gedeckten Frühstückstische Platz nahm.

»Ich bin ein sehr, sehr kleiner Junge,« sagte er ziemlich gedrückt, »dafür, daß ich in so einem großen Schlosse leben und so viele Zimmer haben soll – meinen Sie nicht auch?«

»Ach du liebe Zeit,« tröstete Dawson, »das kommt Ihnen nur jetzt im Anfang alles fremd vor, das wird bald vorbei sein, dann gefällt's Ihnen herrlich, 's ist ja so schön hier!«

»Freilich ist es schön,« stimmte Fauntleroy mit einem halben Seufzer bei, »aber es würde noch viel schöner sein, wenn mir Herzlieb nicht so fehlte.

Ich habe jeden Morgen mit ihr gefrühstückt und ihr Zucker und Sahne in die Tasse gethan, und ihr den Toast gereicht. Das war natürlich viel angenehmer.«

»Ach was, Mylord kann sie ja jeden Tag sehen, und da wird's denn kein Ende nehmen mit Erzählen. Du lieber Himmel! Warten Sie's nur ab, bis Sie überall gewesen sind, und sich alles angesehen haben, die Hunde und die Ställe ganz voll mit Pferden. Es ist eins darunter, das Ihnen gewiß gefallen wird —«

»Wirklich?« rief Fauntleroy. »Ich habe die Pferde sehr gern. Zu Hause, da hatt' ich Jim so gern; das war Mr. Hobbs' Pferd und ging am Spezereiwagen. O, Jim war ein schönes Pferd, wenn es nicht ausschlug.«

»Nun, warten Sie's nur ab, was Sie hier in den Ställen zu sehen kriegen. Ach, und meiner Seel', Sie haben ja noch nicht einmal ins andre Zimmer geguckt.«

»Was gibt's denn da?« fragte Cedrik neugierig.

»Frühstücken Sie nur erst, dann wollen wir schon sehen.«

Nach dieser geheimnisvollen Andeutung ging es natürlich sehr rasch mit dem Frühstück, und mit einem erleichterten: »So, jetzt bin ich fertig,« glitt Seine Herrlichkeit vom Stuhle herab.

Dawson nickte und wies nach der Thür, wobei sie äußerst geheimnisvoll und vielsagend drein schaute, so daß seine Spannung sich gewaltig steigerte. Nachdem sie die Thür geöffnet hatte, blieb er auf der Schwelle stehen, sprachlos, die Hände in den Taschen, ganz rot vor Aufregung; was er sah, war auch ganz dazu angethan, ein Kinderherz zu überwältigen.

Das Zimmer war ebenfalls groß, wie hier alles zu sein schien, und es kam ihm noch weit schöner vor, als all die übrigen, nur ganz anders. Die Möbel waren nicht so altertümlich und schwerfällig wie die unten, die Stoffbehänge an Fenstern und Thüren waren heller und leichter, ringsum waren Bücherbretter voll besetzt, und auf den Tischen stand eine ganze Menge Spielsachen, wunderbare, kunstvolle Dinge, wie er sie an den großen Schaufenstern in New York so manches Mal sehnsüchtig angestaunt hatte.

»Das sieht aus wie eines Jungen Zimmer,« sagte er endlich, tief aufatmend. »Wem gehört das alles?«

»Gehen Sie doch hinein und sehen sich's an,« sagte Dawson. »Das ist alles für Sie!«

»Für mich!« rief er. »Mir gehört das? Warum? Wer hat mir das geschenkt?« Und mit einem Jubelschrei sprang er mitten in das Zimmer. »Das kommt vom Großpapa,« sagte er mit funkelnden Augen. »Ich weiß es gewiß, das kommt vom Großpapa!«

»Gewiß,« bestätigte Dawson, »und wenn Sie ein artiger junger Herr sein und nicht bei jeder Kleinigkeit ärgerlich werden wollen und den ganzen Tag vergnügt und lustig sein, so gibt er Ihnen, wonach Ihr Herz begehrt.«

Das war ein aufregender Vormittag. Was gab es da alles zu besehen und zu untersuchen, jedes einzelne Ding war so interessant, daß man kaum davon loskommen konnte. Und dann war es doch gar zu merkwürdig, zu denken, daß das alles für ihn herbeigeschafft worden war, daß, noch ehe er New York verlassen, alle diese Herrlichkeit für ihn vorbereitet worden war.

»Haben Sie je von so einem guten Großvater gehört?« fragte er Dawson mit Begeisterung.

Dawson war erst seit wenigen Tagen im Hause, aber im Dienerschaftszimmer hatte sie schon mancherlei von den Eigenheiten des alten Herrn gehört.

»Von all den sündhaften, jähzornigen, wilden alten Kerls, deren bunten Rock zu tragen ich das Pech gehabt, ist der hier der ärgste Wüterich,« hatte sich Thomas, der lange Bediente, geäußert.

Und dieser selbe Thomas hatte auch mit angehört, in welchen Worten der Graf Mr. Havisham gegenüber diese zarte Fürsorge für seinen Enkel begründet hatte, und hatte nicht verfehlt, dieselben in den unteren Regionen zu wiederholen.

»Man läßt ihm den Willen und füllt seine Zimmer mit Spielzeug,« hatte Mylord gesagt. »Gebt ihm, was ihm Spaß macht, dann wird die Mutter schnell vergessen sein – das ist Kinderart.«

Bei diesen liebenswürdigen Absichten war die dem Grafen vorbehaltene Entdeckung, daß es dieses Kindes Art nun eben nicht sei, keine erfreuliche für denselben. Er hatte eine schlechte Nacht gehabt und war den Vormittag über in seinem Zimmer geblieben. Nach dem zweiten Frühstück ließ er aber den Enkel doch rufen.

Sofort vernahm er kurze, hastige Schritte in der Halle, und mit heißen Wangen und blitzenden Augen trat Cedrik bei ihm ein.

»Ich habe immer gewartet, ob du nicht nach mir schicken würdest,« sagte er, »und ich danke dir viel tausend-, tausendmal für all die schönen Sachen! Den ganzen Vormittag hab' ich damit gespielt!«

»So, so!« versetzte der Graf. »Sie gefallen dir also – hm?«

»O, und wie! Das kann ich dir gar nicht sagen!« beteuerte Lord Fauntleroy freudestrahlend. »Eins ist dabei, das ist gerade wie baseball, nur daß man's auf einem Brett spielt mit schwarz und weißen Zapfen. Ich hab's Dawson zeigen wollen, aber sie hat's nicht recht verstanden – natürlich, weil sie eine Dame ist, hat sie ja nie Ball gespielt, und ich hab's wahrscheinlich nicht gut erklärt. Aber du kennst's doch?«

»Ich fürchte, nein,« versetzte der Graf. »Das ist wohl ein amerikanisches Spiel, nicht? Etwa wie Cricket?«

»Cricket habe ich nie gesehen; aber Mr. Hobbs hat mich einigemal mitgenommen, um base-ball spielen zu sehen. Ein ganz famoses Spiel! O, man wird so aufgeregt! Soll ich das Spiel holen und dir zeigen? Vielleicht gefällt dir's so gut, daß du deinen Fuß ganz vergißt – thut er dir heute sehr weh?«

»Mehr, als mir lieb ist, wenigstens.«

»Dann kannst du's vielleicht nicht vergessen,« sagte Ceddie mit besorgter Miene. »Vielleicht wär dir's dann lästig, das Spiel zu lernen.«

»Geh nur immerhin und hole es,« entschied der Graf.

Es lag wieder ein ironisches Lächeln um seinen Mund, als Cedrik mit der Schachtel im Arm und dem größten Feuereifer in seinem frischen Gesichte zurückkam.

»Darf ich den kleinen Tisch zu dir hinschieben?« fragte er.

»Klingle nur – Thomas besorgt das.«

»O, das kann ich ganz gut allein! Er ist gar nicht schwer!«

»Auch gut,« bemerkte der Großvater, den es sichtlich belustigte, wie eifrig sein kleiner Kamerad die Vorbereitungen zum Spiele betrieb. Der Tisch wurde glücklich herbeigeschleppt und dann begann eine gründliche, ausführliche Auseinandersetzung und eine sehr dramatische Schilderung des großen base-ball-Wettspieles, das er mit Mr. Hobbs gesehen hatte. Schließlich konnte das Spiel allen Ernstes beginnen, und der alte Herr fand es zu seinem Erstaunen keineswegs langweilig. Sein Partner war mit Leib und Seele dabei, sein fröhliches Lachen, wenn er einen »famosen Wurf« gethan hatte, seine unparteiische Freude, wenn er selbst, oder wenn der Gegner Glück hatte, belebten die Sache ungemein. Wer dem Grafen vor einigen Tagen gesagt hätte, daß er Gicht und üble Launen vergessen würde überm Spiele mit schwarz und weißen Holzzäpfchen und einem blondlockigen, kleinen Jungen als Partner! Und nun war er so vertieft darin, daß er's beinahe überhörte, als Thomas einen Besuch meldete. Der in Rede stehende Besucher war ein älterer Herr in schwarzer Kleidung und kein Geringerer, als der Geistliche des Ortes; derselbe war so verblüfft über das Bild, das sich ihm bei seinem Eintritt darbot, daß er, einen Schritt zurückprallend, fast mit Thomas zusammengestoßen wäre.

Es gab keinen Teil seiner Amtspflicht, den Mr. Mordaunt so schwierig und so peinlich zu erledigen fand, als den Verkehr mit seinem Gutsherrn, der die Besuche bei ihm stets zu überaus unerquicklichen Stunden gestaltete. Gegen Kirchen und Wohlthätigkeitsanstalten hatte derselbe nun einmal ein entschiedenes Vorurteil; war die Gicht sehr schlimm, so erklärte er ohne weiteres, daß er nicht durch Erzählungen über das Bettlerpack mißhandelt werden wolle. Waren die Schmerzen etwas geringer und die Stimmung menschlicher, so gab er zuletzt einiges Geld her, aber nie, ohne möglichst viel Sarkasmen und verletzende Bemerkungen über den Pfarrer ausgegossen zu haben, der es äußerst schwierig fand, seine christlichen Gesinnungen auch auf den edlen Lord in Anwendung zu bringen. Aus freiem Willen etwas Gutes thun oder einen freundlichen Gedanken für andre hegen, waren Dinge, welche Mr. Mordaunt in all den Jahren an seinem Gebieter nicht kennen gelernt hatte.

Heute war er gekommen, um über einen besonders dringenden Fall zu reden, und er hatte sich noch mehr als sonst mit Furcht und Zittern auf den Weg gemacht. Einmal wußte er, daß der Graf seit mehreren Tagen an einem besonders heftigen Gichtanfall litt und daß das Barometer auf Sturm stand, so daß Gerüchte darüber sogar bis ins Dorf gedrungen waren – Mrs. Dibble, die einen kleinen Laden mit Nähnadeln, Strickgarn, Pfefferminzzeltchen und Klatsch hielt, besaß als Hauptbezugsquelle für letzteren gesuchten Artikel eine Schwester, die als Hausmädchen im Schlosse diente, mit Mr. Thomas auf gutem Fuße stand und einfach »alles« wußte.

»Wie's der Lord jetzt treibt,« hatte Mrs. Dibble erzählt, »das ist nicht mehr zu sagen, und was er für Ausdrücke braucht – Mr. Thomas hat selbst zu meiner Jane gesagt, das halte kein Christenmensch mehr aus, und wenn der Dienst sonst nicht gut wäre, und die Gesellschaft im Unterstocke so nett, hätt' er ihm neulich, nachdem Mylord ihm die heiße Platte mit dem Toast an den Kopf geworfen, rundweg aufgesagt!«

Dies alles war auch ins Pfarrhaus gedrungen, denn der Lord war nun einmal das »schwarze Schaf« in der Gemeinde, von dem man nicht genug Schauergeschichten erzählen und hören konnte.

Und noch ein andres ließ den wackeren Geistlichen gerade heute einen üblen Empfang im Schlosse fürchten. Jedermann wußte, wie wütend der Graf über seines Sohnes amerikanische Heirat gewesen war, jedermann wußte, wie hart er ihn behandelt hatte, und daß der frische, hübsche junge Mann – der einzige seiner Familie, der allgemein beliebt gewesen – arm und unversöhnt im fremden Lande gestorben war. Jedermann wußte ferner, daß er ohne jede Neigung oder Freude der Ankunft jenes Enkels entgegensah und daß er sich in den Kopf gesetzt hatte, einen ungeschlachten, plumpen Lümmel von Amerikaner in ihm zu finden, der seinem Namen Schande machen mußte. Das alles wußte man, obgleich der harte, stolze Mann sein Inneres vor jedem Menschen zu verbergen glaubte! Und während er sich völlig gesichert vor jedem Einblick in sein Leben hielt, hieß es am Dienerschaftstische: »Wenn der Alte an des Kapitäns Jungen denkt, treibt er's noch toller als sonst, weil er eine Hundeangst vor dem Bengel hat. Geschieht ihm aber ganz recht, er ist selber schuld daran, und was kann er von einem Kinde erwarten, das da drüben in dem Amerika unter geringen Leuten aufgezogen ist?«

Dies alles überlegte sich Seine Ehrwürden, als er, im Schatten der herrlichen alten Bäume dahinschritt, und er sagte sich, daß dieser besagte Enkel gestern angekommen und zehn gegen eins der Graf infolge des ersten Eindruckes in einer Berserkerwut sei, und doch mußte es sein!

Dann hatte Thomas ihm die Thür geöffnet, und sein erster Blick war auf das merkwürdigste Bild gefallen: der Graf in seinem Lehnstuhle, den gichtischen Fuß weich unterstützt, und dicht neben ihm, an das gesunde Knie gelehnt, ein kleiner Junge mit heißen Wangen und vor Uebermut blitzenden Augen.

»Zwei heraus!« jauchzte die helle Kinderstimme. »Diesmal hast du kein Glück gehabt, gelt?«

Da wurden beide Spieler plötzlich des Eintretenden ansichtig.

Der Graf blickte auf, zog die Augenbrauen zusammen, wie es seine Art war, und zu Mr. Mordaunts ungemessenem Erstaunen verdüsterte sich seine Miene keineswegs, als er ihn erkannte, ja er sah sogar aus, als ob er ganz vergessen hätte, daß es zu seinen Lebensgewohnheiten gehörte, Furcht und Schrecken um sich zu verbreiten.

»Ach!« sagte er mit seiner rauhen Stimme, reichte ihm aber mit verhältnismäßiger Artigkeit die Hand. »Guten Morgen, Mordaunt. Sie sehen, ich bin auf eine ganz neue Art beschäftigt.«

Die andre Hand legte er auf Cedriks Schulter – möglich daß sich insgeheim etwas wie Stolz in seinem Herzen regte, solch einen Erben vorstellen zu können.

»Dies ist der neue Lord Fauntleroy,« fuhr er fort, »Fauntleroy, dies ist Mordaunt, unser Geistlicher.«

Fauntleroy blickte zu dem steifen, schwarz gekleideten Herrn auf und reichte ihm die kleine Hand.

»Es freut mich sehr, Ihre Bekanntschaft zu machen, Sir,« sagte er, eingedenk der Redensart, mit welcher Mr. Hobbs hier und da einen neuen, hochgeschätzten Kunden beehrte. Cedrik war überzeugt, daß man einem Geistlichen gegenüber in der Höflichkeit ein übriges thun müsse.

Mr. Mordaunt hielt das Händchen einen Augenblick in der seinen und blickte, unwillkürlich lächelnd, in das blühende Kindergesicht. Er hatte den kleinen Gesellen bereits lieb – wie es ja den meisten Menschen erging. Nicht die Schönheit und Anmut des Knaben sprach zu seinem Herzen, sondern die Einfachheit und Kindlichkeit, die all seine Worte, so wunderlich und komisch dieselben oft waren, liebenswürdig und herzgewinnend machten.

»Und ich freue mich von ganzem Herzen der Ihrigen, Lord Fauntleroy,« erwiderte der Pastor die Anrede. »Sie haben eine lange Reise machen müssen und wir sind alle erfreut, daß Sie dieselbe so glücklich überstanden haben.«

»Die Reise war sehr lang,« versetzte Fauntleroy, »aber Herzlieb, meine Mama, ist mit mir gekommen, und da bin ich natürlich gar nicht einsam gewesen. Man ist ja nie einsam, wenn man seine Mutter bei sich hat, und das Schiff war wunderschön.«

»Setzen Sie sich, Mordaunt,« sagte der Graf.

»Eure Herrlichkeit ist sehr zu beglückwünschen,« sprach der Geistliche mit Wärme, indem er sich einen Stuhl zurechtrückte: der

Graf schien jedoch nicht geneigt, seine Gefühle über den Punkt laut werden zu lassen.

»Er sieht seinem Vater ähnlich,« bemerkte er ziemlich kurz angebunden. »Hoffentlich führt er sich einmal verständiger auf. Nun, und was gibt's heute, Mordaunt?« setzte er hinzu. »Wer ist wieder einmal im Elend?«

Das klang lange nicht so schlimm, als Mr. Mordaunt erwartet hatte, und doch begann er erst nach einigem Zögern sein Anliegen vorzutragen.

»Es handelt sich um Higgins – Higgins von der äußeren Farm. Der Mann hat Unglück gehabt. Ich will nicht gerade behaupten, daß er ein sehr guter Wirtschafter ist, allein die Verhältnisse sind derart, daß er zurückkommen mußte. Er selbst war letzten Herbst krank, dann hatten die Kinder das Scharlachfieber und nun liegt die Frau. Es handelt sich um den Pachtzins und Newick droht, ihm sofort zu kündigen, wenn er nicht zahlt. Die Sache steht natürlich sehr schlimm für ihn, und er kam gestern zu mir mit der Bitte, mich bei Ihnen für die Gewährung einer längern Frist zu verwenden.«

»Das alte Lied,« sagte der Graf sichtlich verstimmt.

Fauntleroy stand zwischen dem Großvater und dem Besucher und war ganz Ohr. Er »'tressierte« sich natürlich sofort für Higgins und die Kinder und hätte gar zu gern gewußt, wie viele es ihrer seien, und ob sie sehr krank gewesen.

»Higgins ist ein wohlgesinnter Mann,« bemerkte der Geistliche, bemüht, sein Gesuch zu unterstützen.

»Und ein schlechter Pächter, der immer im Rückstande ist,« erwiderte Seine Herrlichkeit. »Ich weiß das von Newick.«

»Augenblicklich ist die Not groß. Der Mann hängt sehr an seiner Familie, und wenn ihm die Pacht gekündigt wird, so können sie alle miteinander verhungern. Zudem verordnet der Arzt Wein und kräftige Kost für die Kinder, und Higgins weiß nicht, woher das nehmen.«

»So war's gerade bei Michael,« warf Lord Fauntleroy, näher tretend, ein.

Der Graf blickte überrascht auf. »Dich hatte ich ganz vergessen,« sagte er. »Dachte gar nicht mehr daran, daß wir einen Philanthropen im Zimmer haben. Nun, wer war denn Michael?« Und das belustigte Lächeln flog wieder über des alten Herrn Gesicht.

»Bridgets Mann, der das Fieber gehabt hat,« erklärte Fauntleroy eifrig. »Du weißt ja doch, Großvater! Der hat auch die Miete nicht zahlen und keinen Wein und solche Sachen kaufen können. Dann hast du mir das Geld für ihn gegeben, damit ich ihm helfen konnte.«

Der Graf warf Mr. Mordaunt einen raschen Blick zu.

»Ich weiß nicht, was für eine Sorte von Gutsherren der Junge abgeben wird,« bemerkte er. »Ich hatte Havisham gesagt, der Knirps solle haben, was ihm Spaß macht – und was ihm Spaß gemacht, war offenbar, Bettelleuten Geld zu geben.«

»O nein, Bettelleute waren es gar nicht!« rief Cedrik. »Michael war – Michael ist ein sehr ausgezeichneter Maurer. Sie haben alle gearbeitet.«

»Aha,« beruhigte ihn der Graf. »Bettelleute waren es also nicht, sondern sehr ausgezeichnete Maurer, Stiefelputzer und Apfelfrauen.« Plötzlich schien ihm ein Einfall zu kommen und er sah den Jungen ein paar Sekunden scharf an. »Komm 'mal her,« sagte er dann.

Fauntleroy trat so nahe zu ihm, als es irgend anging, ohne an das kranke Bein zu stoßen.

»Was würdest du in diesem Falle thun?« fragte der alte Edelmann.

Eine seltsame Empfindung bemächtigte sich Mr. Mordaunts bei dieser unvorhergesehenen Frage. Er war seit Jahren in der Gemeinde angestellt, kannte die Armen und Reichen, die Ehrlichen und die Schlimmen, und wußte, welch ungeheure Macht zum Bösen oder Guten dereinst diesem kleinen Jungen gegeben sein werde, der mit weit offnen Augen, die Hände in den Taschen vor ihm stand, und dabei durchzuckte ihn der Gedanke, daß, wenn der herrische, eigensinnige alte Mann die Laune haben sollte, diese Macht schon jetzt in diese kleine Hand zu legen und diese Kindesnatur keine großmütige und wahre wäre, der Schaden für den Knaben selbst, wie für die von ihm Abhängigen, ein unabsehbarer sein würde.

»Was würdest du in diesem Falle thun?« fragte der Graf.

Fauntleroy legte die Hand zutraulich auf des Großvaters Knie.

»Wenn ich sehr reich wäre, und nicht nur ein kleiner Junge, dann würde ich ihn ruhig in seinem Hause wohnen lassen und würde ihm alles geben, was die Kinder brauchen, aber ich, ich bin ja nur ein Kind!« Aufleuchtend setzte er gleich darauf hinzu: »Du kannst das alles thun, nicht wahr?«

»Hm, da hätten wir also deine Meinung,« sagte der Graf.

»Nicht wahr, du kannst allen Leuten geben, was du willst?« fragte Fauntleroy noch einmal. »Was ist denn Newick?«

»Mein Intendant, für den meine Pächter eben keine sonderliche Zuneigung hegen.«

»Willst du ihm jetzt gleich schreiben?« drängte Cedrik. »Soll ich dir Feder und Tinte bringen? Ich kann ja das Spiel hier wegnehmen.« Die Möglichkeit, daß man diesen Herrn Newick seine Drohung ausführen lassen könnte, kam ihm offenbar gar nicht in den Sinn.

Der Graf schwieg eine Weile, den Knaben immer fest ins Auge fassend.

»Kannst du schreiben?« fragte er.

»Ja,« erwiderte Cedrik kleinlaut, »aber nicht sehr gut.«

»Nimm die Sachen hier weg und bring Feder und Tinte und ein Blatt Papier von meinem Pulte.«

Mr. Mordaunt folgte der Verhandlung mit wachsendem Interesse. Fauntleroy führte den erhaltenen Befehl rasch und geschickt aus; nach wenig Augenblicken war alles bereit.

»Hier,« sagte er fröhlich, »nun kannst du schreiben.«

»Du sollst schreiben,« versetzte der Graf.

»Ich?« rief Fauntleroy bis unter die Locken errötend. »Nutzt denn das etwas, wenn ich schreibe? Und wenn ich kein Wörterbuch habe, dann mache ich viele Fehler!«

»Einerlei! Higgins wird's mit der Orthographie nicht so streng nehmen. Ich bin nicht der Menschenfreund, sondern du – vorwärts, tauch deine Feder ein!«

Fauntleroy setzte sich feierlich und etwas mühsam zurecht.

»Nun,« fragte er, »was soll ich schreiben?«

»Schreibe: Gegen Higgins soll vorderhand nicht eingeschritten werden, und das unterzeichnest du mit ›Fauntleroy‹, dann ist's gut.«

Die Sache ging nicht gerade rasch vor sich, so ernstlichen Eifer Cedrik auch an den Tag legte, schließlich überreichte er jedoch, freilich mit etwas besorgter Miene, dem Großvater sein Manuskript, das dieser überflog und lächelnd Mr. Mordaunt reichte.

Das Schriftstück lautete:

»Lieber Mr. Newick wollen sie bitte so gutt sein und forterhand gegen Mr. Higgins nicht einschreitten, woführ ich Ihnen dankbahr bin.

Achdungsfol der ihrige

Fauntleroy.«

»Mr. Hobbs hat seine Briefe immer so unterschrieben,« bemerkte Cedrik, »und ich dachte, es sei besser, wenn ich sage ›bitte‹. Ist ›einschreiten‹ richtig geschrieben?«

»Im Wörterbuch steht es etwas anders,« bemerkte der Graf.

»Das dacht' ich mir doch,« sagte Fauntleroy bekümmert, »ich hätte dich fragen sollen. Wenn die Wörter mehr als eine Silbe haben, muß ich immer noch fragen. Ich will es noch einmal schreiben.«

Er machte sich sofort ans Werk und fertigte eine sehr sorgfältige Kopie, wobei er so vorsichtig war, den Grafen mehrmals zu Rate zu ziehen.

»O'thographie ist eine kuriose Sache,« bemerkte er, »so oft ist es ganz anders, als man denkt. Ich habe immer gedacht, lieb schreibe man lihb, und dann war's doch nicht so – 's ist oft recht schwierig.«

Nachdem Mr. Mordaunt sich im glücklichen Besitz der eigentümlichen Kabinettsorder entfernt hatte, kehrte Fauntleroy, der ihm das Geleit gegeben, eilends zum Grafen zurück.

»Darf ich jetzt zu Herzlieb gehen?« fragte er. »Sie wartet gewiß auf mich.«

»Im Stalle ist etwas, das du dir noch besehen mußt. Drücke einmal auf die Klingel!«

»Bitte, bitte,« sagte Cedrik eifrig, »ich danke dir schön, aber ich glaube, es wird besser sein, wenn ich's erst morgen sehe. Herzlieb wartet schon so lange.«

»Wie du willst. Dann wollen wir den Wagen bestellen. – Es ist auch nur ein Pony,« setzte er trocken hinzu.

Fauntleroy hielt den Atem an.

»Ein Pony,« rief er. »Wem gehört der Pony?«

»Dir,« versetzte der Graf.

»Mir?« rief der kleine Bursche außer sich. »Mir – gerade wie das Spielzeug oben?«

»Gewiß! Willst du ihn sehen? Soll ich ihn vorführen lassen?«

Fauntleroys Wanden waren dunkelrot.

»Daran hab' ich nie gedacht, daß ich einen Pony kriegen könnte. So was ist mir nie eingefallen. Wie wird Herzlieb sich freuen! Du gibst mir alles, nicht wahr?«

»Du willst ihn also sehen?«

Cedrik atmete tief auf. »Ich möchte ihn so gern sehen, o, so furchtbar gern. Aber ich habe jetzt keine Zeit.«

»Könntest du den Besuch nicht auf morgen verschieben?«

»O nein,« sagte Fauntleroy. »Herzlieb hat den ganzen Tag immerfort an mich gedacht, und ich an sie.«

»So so, wahrhaftig,« sagte der Graf. »So klingle nur.«

Während sie die Avenue entlang fuhren, war der alte Herr ziemlich schweigsam, Fauntleroys Züngchen dagegen stand nicht still. Er sprach natürlich nur von dem Pony – wie groß er sei, wie er heiße, wie alt er sei, von welcher Farbe, was er am liebsten esse, und wann er ihn morgen früh sehen dürfe.

»Wie wird Herzlieb sich freuen!« rief er dazwischen immer wieder. »Sie wird dir auch so dankbar sein! Sie weiß ja, wie gern ich Ponies habe, aber daß ich je 'mal einen eigen haben würde, daran hat keins von uns gedacht. In der Fifth Avenue wohnte ein Junge, der hatte einen, und da haben wir oft einen Umweg gemacht, um ihn reiten zu sehen.« Fast müde vom Fragen und Reden lehnte er in die Kissen zurück und sah ein paar Minuten lang den Grafen ganz verklärt an, ohne ein Wort zu sagen.

»Ich glaube, daß es auf der ganzen Welt niemand gibt, der so gut wäre, wie du,« kam es endlich aus Herzensgrunde. »Du thust immerfort und immer nur Gutes. Herzlieb sagt, an andre denken und nicht an sich, das sei die wahre Güte, und das thust du!«

Seine Herrlichkeit schwieg – diese Charakteristik war geeignet, ihn schwindeln zu machen! Dabei waren die klaren, großen, unschuldigen Kinderaugen mit dem Ausdruck schrankenloser Bewunderung auf ihn geheftet – das hatte etwas Verwirrendes, sogar für diesen ziemlich abgehärteten Mann!

»So viele Menschen machst du glücklich!« fuhr Cedrik fort. »Michael, Bridget und ihre zwölf Kinder, und die Apfelfrau, und Dick, und Mr. Hobbs, und Mr. Higgins und seine Frau und ihre Kinder, und Mr. Mordaunt, und Herzlieb und mich – ich hab's an den Fingern gezählt: Siebenundzwanzig! Weißt du,« setzte er dann zögernd hinzu, »daß Leute, die keine Grafen kennen, sich manchmal sehr täuschen? Mr. Hobbs hat sich getäuscht, aber ich werde ihm schreiben und ihm alles von dir erzählen.«

»Nun, was war denn Mr. Hobbs' Ansicht über Grafen im allgemeinen und besondern?« fragte der alte Herr.

»Ja, siehst du, die Geschichte war eben die, daß er nie einen lebendig gesehen hatte, sondern nur in Büchern von ihnen gelesen, und deshalb hat er geglaubt – du mußt dir nichts daraus machen, bitte! – sie seien blutbefleckte Tyrannen, und hat gesagt, er möchte keinen in seinem Laden herumlungern haben. Aber wenn er dich kennen würde, dann wär' er wohl andrer Meinung. Ich werd's ihm aber schreiben!«

»Was wirst du ihm schreiben?«

»Daß du der beste, gütigste Mann bist, von dem ich je gehört, und daß du immer an andre denkst, und daß ich, wenn ich einmal groß bin, gerade so werden möchte wie du!«

»Wie ich?« wiederholte der Graf mit einem Blick in das leuchtende Kindergesicht –- dann wandte er sich rasch ab und sah zum Fenster hinaus nach den Buchen, deren lichtgrüne Blätter im Sonnenlicht erglänzten.

»Ja, wie du!« versicherte Fauntleroy, und setzte bescheiden hinzu: »Das heißt, wenn ich kann. Vielleicht kann ich nie so gut werden, aber versuchen will ich's.«

Der Wagen rollte weiter und Cedrik sah wieder die herrlichen Bäume und die grünen Farne, und die Rebhühner und Kaninchen, und alles kam ihm noch weit schöner vor, als das erste Mal, und sein kleines Herz war voll lauterer, großer Glückseligkeit. Auch der Graf blickte hinaus in die herrliche Welt, die ihn umgab, aber sein Gemüt war unempfindlich für all die Schönheit. Was er vor Augen hatte, war ein langes Leben, ein Leben ohne ideale Ziele und gute Gedanken; er sah sich selbst als jungen, kräftigen Mann, der diese Kraft und die Macht, die in seiner Hand lag, nur für seine Launen vergeudete, und dessen einziger Lebenszweck es war, die Zeit totzuschlagen, und dann sah er diesen Mann alt, einsam, ohne einen einzigen Freund inmitten all seiner Pracht und Herrlichkeit, umgeben von Menschen, die ihn haßten oder fürchteten, die ihm schmeichelten oder vor ihm krochen, aber ohne einen einzigen, dem etwas an seinem Leben oder Sterben gelegen hätte. Und er wußte, daß in all den Häusern und Hütten um ihn her wohl mancher ihm sein Geld und Gut neidete, nicht einer aber den Herrn über all diese Schätze hätte »gut« nennen oder gar wünschen mögen, zu sein wie er – keiner außer diesem Kinde.

Es waren das keine besonders erfreulichen Betrachtungen, auch nicht für den cynischen, harten Mann, der sich nie um eines Menschen Urteil gekümmert und der sich solcher Gedanken noch immer hatte entschlagen können, bis dies Kind durch seinen Entschluß, seinem

Beispiel nachzueifern, ihm die Frage aufgedrängt hatte, ob ein Mensch wohl daran thue, ihn zum Vorbilde zu nehmen.

Fauntleroy sah, wie die Augenbrauen des Großvaters sich immer finsterer zusammenzogen, während er auf den sonnenbeschienenen Park hinausblickte, und er nahm an, daß jenen sein Bein schmerze. Rücksichtsvoll und bescheiden verhielt er sich still und freute sich an allem, was er sah, ohne seine Bewunderung mitzuteilen. Schließlich aber fuhr der Wagen an Court Lodge vor, und Cedrik war mit einem Satze draußen, noch ehe Thomas Zeit gehabt, den Schlag regelrecht zu öffnen.

»Schon da?« fragte der Graf, aus seinem Brüten auffahrend.

»Ja freilich,« erwiderte Cedrik. »Ich will dir deinen Stock geben und dann stütze dich nur fest auf mich.«

»Ich steige nicht aus,« erklärte Mylord kurz und hart.

»Du – du kommst nicht zu Herzlieb?« rief Fauntleroy sehr erstaunt.

»Herzlieb wird mich entschuldigen,« versetzte der Graf trocken. »Geh nur zu ihr und erzähl ihr, daß du nicht einmal durch einen eignen Pony von deinem Besuche abzuhalten warst.«

»Ja, das wird ihr aber sehr leid sein! Sie hat sich so auf dich gefreut!«

»Schwerlich,« war die Antwort. »Ich nehme dich auf dem Rückwege wieder mit. Weiter, Thomas.«

Der Wagen ward zugemacht; einen bestürzten, fragenden Blick warf Cedrik noch auf den Großvater, dann hatte dieser, wie einst Mr. Havisham, Gelegenheit, die flinken Beine zu bewundern, mit denen der Kleine auf das Haus zulief, m dessen Thür eine schlanke jugendliche Gestalt ihn in ihren Armen auffing und innig an sich drückte.

Siebentes Kapitel

In der Kirche

Am Sonntag darauf fand Mr. Mordaunt seine Gemeinde so zahlreich versammelt, wie nie zuvor, und entdeckte manches Gesicht, das er sonst selten in der Kirche sah, darunter sogar Leute aus dem nächsten Dorfe. Die Frau des Arztes war da mit ihren vier Töchtern und Mr. und Mrs. Kimsey, der Apotheker mit Gattin, saßen in ihrem Kirchenstuhle.

Mrs. Dibble, die wohlunterrichtete fehlte nicht, und Miß Smiff, die dörfliche Kleiderkünstlerin, samt ihrer Freundin Miß Perkins, der Putzmacherin, hatte sich eingefunden, und jede Familie war allermindestens durch ein Glied vertreten.

Kein Wunder! Mrs. Dibbles Laden war ja die ganze Woche kaum leer geworden, die kleine, schüchterne Ladenglocke hatte sich fast die Schwindsucht an den Hals gebimmelt, und der Absatz an Nähnadeln und Faden war ein ungemein erfreulicher gewesen – alles, weil Mrs. Dibble so unerhörte Dinge vom Schlosse und seinem neuesten Bewohner zu erzählen wußte. Sie konnte haarklein beschreiben, wie die Zimmer Seiner kleinen Herrlichkeit eingerichtet waren; was die wundervollen Spielsachen gekostet hatten, wußte sie auch, und die Lebensgeschichte des braunen Pony und des dazu gehörigen kleinen Groom war ihr ebenfalls geläufig. Natürlich war der weibliche Teil der Dienerschaft vollkommen einig darüber, daß es ein Verbrechen sei, den hübschen kleinen Kerl von seiner Mutter zu trennen, und samt und sonders hatten sie »an allen Gliedern gezittert«, als das Kind so mutterseelenallein in die Löwenhöhle, respektive Bibliothek, hatte geführt werden müssen, da doch kein Mensch wissen konnte, wie er dort behandelt werden würde.

»Aber ich kann Ihnen nur sagen, Mrs. Jennifer,« setzte Mrs. Dibble hinzu, »das Kind weiß nicht, was Angst heißt! Mr. Thomas hat's selbst erzählt, kommt der Junge hinein und setzt sich hin und spricht mit dem alten Grafen, als ob ihm das gar nichts Besondres wäre und als ob sie gute Freunde wären. Der, sagt Mr. Thomas, habe nur so aufgehorcht und ihn unter seinen Augenbrauen hervor angestarrt. Und Mr. Thomas sagt, denken Sie nur, Mrs. Bates, daß, so bös der Alte auch ist, er doch im stillen vergnügt gewesen sei und ganz stolz, denn einen hübscheren Jungen und mit bessern Manieren, nur hier und da ein wenig altväterisch, habe er seiner Lebtage nicht gesehen, sagt Mr. Thomas.«

Dann war noch die Geschichte mit Higgins dazu gekommen, und Newick selbst hatte zwei oder drei Leuten das mit »Fauntleroy« unterzeichnete Schreiben gezeigt, so daß der Gesprächsstoff gar nicht ausging und am Sonntag alles zusammenströmte, um womöglich den neuen kleinen Lord selbst in Augenschein zu nehmen.

Der Graf war kein sehr eifriger Kirchgänger, aber an diesem ersten Sonntag gefiel es ihm, beim Gottesdienst zu erscheinen: Fauntleroy in dem großen Kirchenstuhle neben sich sitzen zu haben, hatte einen gewissen Reiz für ihn.

Man stand heute lange plaudernd auf dem Kirchhofe umher; an der Kirchenthür und draußen auf dem Wege, überall bildeten sich Gruppen, und die Frage, ob Mylord kommen werde oder nicht, wurde immer wieder aufgeworfen und besprochen. Plötzlich stieß eine der Frauen die andre an – »dort,« flüsterte sie, »das muß die Mutter sein, das arme junge Ding.«

Aller Augen richteten sich auf die schlanke Gestalt in schwarzer Kleidung, die den Fußweg herauf kam. Sie hatte den Schleier zurückgeschlagen, so daß man das süße, liebliche Gesicht und das lockige Haar, das weich und schimmernd unter dem Hute der jungen Witwe hervorquoll, deutlich sehen konnte.

Sie nahm die Leute nicht wahr, die sie anstarrten – sie dachte an Cedrik und seine Besuche, sein Glück über den eignen Pony und an sein liebes strahlendes Gesicht. Nach einiger Zeit aber ward sie sich doch bewußt, daß sie der Gegenstand allgemeiner Aufmerksamkeit war. Zuerst fiel ihr eine alte Frau in einem roten Mantel auf, die ihr einen Knicks machte, dann kam eine andre, die desgleichen that und dazu »Gott segne, Mylady!« sagte, und alle Männer nahmen die Hüte ab, als sie vorbeiging. Im ersten Augenblicke begriff sie die Sache nicht recht, dann aber ward ihr klar, daß diese Art von Huldigung der Mutter des kleinen Lords gelte, und ziemlich schüchtern und leise errötend erwiderte sie die Grüße und sagte mit sanfter Stimme zu der Frau, die ihr Segen gewünscht hatte: »Ich danke Ihnen.« Für jemand, der sein lebenlang im Hasten und Treiben einer amerikanischen Großstadt gestanden hat, waren diese ländlichen Ehrfurchtsbezeigungen befremdend und fast peinlich, schließlich thaten sie ihr aber doch wohl und die Warmherzigkeit, von der sie zeugten, rührte sie.

Kaum war sie in die kleine Kirche getreten, als das große, mit so viel Spannung erwartete Ereignis vor sich ging: Der Wagen vom Schlosse bog um die Ecke.

»Sie kommen,« flog es von Mund zu Munde.

Thomas stieg ab, riß den Schlag auf, und ein kleiner Junge in schwarzem Samt mit einer schimmernden, blonden Mähne sprang heraus.

»Auf und nieder der Kapitän,« hieß es unter den älteren Zuschauern. »Sein leibhaftiger Vater.«

Da stand er im hellen Sonnenscheine und beobachtete mit der liebevollsten Sorgfalt, wie Thomas dem alten Herrn beim Aussteigen half, und sobald er die Gelegenheit gekommen glaubte, streckte er ihm die Hand hin und bot seine Schulter zur Stütze, als ob er sieben Schuh hoch wäre – Angst hatte der nicht vor seinem Großvater, so viel war gewiß!

»Stütz dich nur auf mich!« hörte man ihn mit seiner hellen Stimme sagen. »Wie sich die Leute freuen, wenn sie dich sehen, und wie sie dich alle kennen!«

»Nimm deine Mütze ab, Fauntleroy,« sagte der Graf. »Das Grüßen gilt dir.«

»Mir?« rief Cedrik, riß die Mütze im Nu herunter und drehte sich mit leuchtenden, verwunderten Augen nach allen Seiten, um doch gewiß jeden Gruß zu erwidern.

»Gott segne Eure Herrlichkeit,« sagte die alte Frau, die vorhin seine Mutter angeredet hatte. »Gott schenke Ihnen langes Leben!«

Als Fauntleroy dann neben dem Großvater in dem großen Kirchenstuhle mit den roten Kissen und Vorhängen saß, entdeckte er sofort mehreres, was ihn freute und »'tressierte«. Erstens, daß seine Mutter ihm gerade gegenübersaß und ihm zulächelte, und dann zwei ganz wunderliche in Stein gehauene knieende Figuren, mit einer Tafel darüber, auf der er die Worte entziffern konnte:

HIR · RVHET · DER · LEYB · VON · GREGORIVS · ARTHVR · ERSTEN · GRAFEN · DORINCOVRT · VND · AVCH · DER · VON · ALISONE · HILDEGARTIS · SEINER · CHRISTLICHEN · EHEFRAVEN.

»Darf ich leis' was sagen?« fragte er den Grafen, unfähig, seine Neugierde länger zu beherrschen. »Was denn?« versetzte der Großvater.

»Wer sind denn die dort?«

»Zwei von deinen Vorfahren, die vor mehreren hundert Jahren gelebt haben.«

»Vielleicht,« dachte Cedrik, die ihm so merkwürdigen Vorfahren mit Ehrfurcht betrachtend, »hab' ich von denen meine Orthographie geerbt.«

Als die Musik begann, stand er auf und sah mit einem sonnigen Lächeln zu seiner Mutter hinüber. Cedrik hatte große Freude daran, und Herzlieb und er sangen oft und viel miteinander, so stimmte er nun herzhaft mit ein und wie ein Vogelstimmchen drang der klare, liebliche, helle Ton durch den Raum. Er vergaß sich und seine Umgebung darüber und dem Grafen, der, halb hinter seinem Vorhang verborgen, den Jungen beobachtete, ging es schier ebenso. Das große Gesangbuch in den kleinen Händen, das Gesichtchen mit strahlendem Ausdrucke empor gerichtet, stand Cedrik da und sang so andächtig und so laut er konnte, und durch eine der kleinen farbigen Scheiben stahl sich ein Sonnenstrahl herein und spielte auf seinen goldnen Locken. Als seine Mutter zu ihm hinüberblickte, zog es wie ein heiliger Schauer durch ihr Herz, aus dem ein heißes Gebet zum Himmel aufstieg, daß die sonnige Reinheit seines Kinderglückes und Kinderherzens dauern möge, und daß jenes neue, seltsame Schicksal, das ihm zu teil geworden, ihm keinen Schaden thun möge an seiner Seele.

»O, Ceddie,« hatte sie gestern abend bei dem langen, innigen Gutenachtkusse zu ihm gesagt: »O, Ceddie, wie möcht' ich um deinetwillen klug und weise sein, um dir viel, viel Wichtiges sagen zu können. Sei nur immer gut, mein Herzenskind, gut und wahr und treu, dann wirst du keinem wehe thun und dein Leben wird vielen zum Segen werden und die ganze, große, weite Welt wird ein wenig besser, weil mein Kind gut ist. Denn weißt du, Ceddie, das ist das Allerbeste und Allerhöchste, daß es allen zu gute kommt, wenn ein einzelner Mensch von Herzen gut ist.«

Fauntleroy hatte daheim dem Großvater diese Worte wiederholt und hinzugesetzt: »Da hab' ich natürlich an dich denken müssen und habe Herzlieb gesagt, daß die Welt viel besser geworden sei durch dich und daß ich suchen wolle, einmal gerade so zu werden wie du.«

»Und was hat sie darauf gesagt?« hatte der Graf mit einigem Unbehagen gefragt.

»Das sei recht,« hat sie gesagt, »und wir sollen immer an andern das Gute herausfinden und streben, auch so zu werden.«

Vielleicht dachte der alte Mann an diese Worte, während er zwischen den Falten des Vorhanges nach der gegenüberliegenden Bank sah, und sein Blick flog oft hinüber nach dem lieblichen Gesichte, das seinem Sohne so teuer gewesen, und nach den braunen Augen, die so ganz und gar denen des Kindes glichen – was für Gedanken ihn dabei bewegten, konnte niemand erraten.

Als »die Herrschaft« aus der Kirche trat, standen die Leute umher, um sie vorbeigehen zu sehen, und am Kirchhofthore wartete ein Mann, den

Hut in der Hand, auf sie, trat einen Schritt vor und blieb wieder zögernd stehen.

»Nun, Higgins?« sagte der Graf.

»Ist das Mr. Higgins?« fragte Fauntleroy, zu dem Manne mit dem sorgendurchfurchten Gesichte aufblickend.

»Ja,« antwortete Mylord trocken, »vermutlich möchte er seinen neuen Gutsherrn in Augenschein nehmen.«

»Ja, Mylord,« bestätigte der Mann. »Mr. Newick hat mir gesagt, daß der junge Lord ein gutes Wort für mich eingelegt habe, und da hätt' ich mich gern bedankt, wenn's gestattet ist, Mylord.«

Vielleicht war er etwas erstaunt, daß ein so kleiner Bursche in seiner Unschuld so Großes für ihn bewirkt hatte, und daß er nun vor ihm stand, gerade wie eins seiner weniger vom Glück begünstigten Kinder auch hätte dastehen können, sichtlich ohne eine Ahnung von der Bedeutung seiner kleinen Person.

»Ich bin Eurer Herrlichkeit vielen Dank schuldig,« begann er, »vielen Dank.«

»O nein,« sagte Fauntleroy, »ich habe ja nur den Brief geschrieben, gethan hat der Großvater alles, Sie wissen ja, wie gut er gegen alle Menschen ist. Ist Mrs. Higgins jetzt wieder gesund?«

Higgins sah einigermaßen verblüfft aus. Von seinem Gutsherrn als von einem Wohlthäter der Menschheit sprechen zu hören, war ihm allzu neu.

»Ich – ja – wohl, Euer Herrlichkeit,« stotterte er, »der Frau geht's schon besser, seit sie sich nicht mehr so absorgt; 's hat ihr schier das Herz abgedrückt.«

»Das freut mich, daß es besser geht,« sagte Fauntleroy. »Meinem Großvater hat's so leid gethan, daß Ihre Kinder das Scharlachfieber gehabt haben. Er hat ja selber auch Kinder gehabt; ich bin seines Sohnes kleiner Junge.«

Higgins war einigermaßen in Gefahr, vom Schlage gerührt zu werden, und hielt es für alle Fälle für geraten, den Grafen nicht anzusehen, dessen väterliche Zärtlichkeit sich, wie jedermann wußte, damit begnügt hatte, seine Söhne ein- oder zweimal im Jahre zu sehen, und der, sobald eins von der Familie erkrankte, sofort nach London abgereist war, um »dem Volk von Aerzten und Krankenpflegerinnen« aus dem Wege zu gehen. So eisern Mylords Nerven auch waren, ganz leicht war es nicht für ihn, mitanhören zu müssen, wie sein warmer

Anteil an dem Scharlachfieber der Higginsschen Kinder gerühmt wurde.

»Ihr seht, Higgins,« fiel er mit seinem grimmigen Lachen plötzlich ein, »wie gründlich ihr Leute euch in mir getäuscht habt. Steig rasch ein, Fauntleroy.«

Achtes Kapitel
Reiten lernen

Das grimmige Lächeln wurde in der nächsten Zeit fast ein stehender Zug auf des Grafen Gesicht, und je mehr er sich daran gewöhnte, desto weniger grimmig wurde es, und sah schließlich einem richtigen Lächeln zum Verwechseln ähnlich. Der alte Herr war der Gicht, Einsamkeit und seiner siebzig Jahre etwas überdrüssig gewesen; nach einem langen Leben voll rauschender Vergnügungen und Zerstreuungen war die Existenz in einem noch so bequemen Fauteuil, mit dem einen Beine auf dem Gichtstuhle und als einzige Abwechslung Zornesausbrüche gegen die Dienerschaft etwas eintönig. Der Graf wußte sehr genau, daß seine Untergebenen ihn verabscheuten und daß auch die seltenen Besucher nicht gerade aus reiner Neigung sich einfanden – einzelne ausgenommen, die an seinen scharfen, keinen Menschen verschonenden Sarkasmen Geschmack fanden. Lesen konnte er auch nicht immer, und so waren ihm allmählich die langen Nächte und die Tage zuwider geworden und seine Reizbarkeit und üble Laune hatten sich mehr und mehr gesteigert. Da war Fauntleroy erschienen, und zum Glück für den Knaben hatte schon seine äußere Erscheinung den großväterlichen Stolz befriedigt, der in seiner Schönheit und seinem furchtlosen Auftreten das Blut der Dorincourts zu erkennen glaubte. Dann hatte er sein kindliches Geplauder begonnen, das den Grafen erst überrascht und dann belustigt hatte, und das er bald angenehm und unterhaltend fand. Dem armen Higgins durch diese kindliche Hand helfen zu lassen, war nichts als eine Laune gewesen. Mylord nahm nicht den geringsten Anteil an Higgins' Schicksalen, aber daß nun die ganze Gegend von seinem Enkel sprach, und daß dieser dadurch jetzt schon eine gewisse Popularität erwarb, befriedigte ihn, wie ihn die Neugierde und das Interesse der Leute am Sonntag befriedigt hatte.

Mylord von Dorincourt war ein hochfahrender alter Herr, stolz auf seinen Namen und Rang und deshalb stolz, der Welt zu guter Letzt noch einen Erben vorweisen zu können, der würdig war, dereinst beides zu tragen.

Der Morgen, an dem der Pony vorgeführt wurde, war für den Grafen so erfreulich gewesen, daß er beinahe seine Gicht vergessen hätte. Er saß am offnen Fenster der Bibliothek und sah zu, wie der Reitknecht das hübsche Tier am Zügel herführte und wie Fauntleroy seine ersten Reitstudien machte. Ob der Junge sich fürchten werde, darauf war er sehr gespannt; der Pony gehörte nicht zu den kleinen, und er hatte des öftern Kinder den Mut verlieren sehen, wenn es sich nun wirklich ums Aufsteigen handelte.

Fauntleroy war vor Entzücken ganz außer sich und stieg seelenvergnügt auf – er hatte noch nie auf einem Pferde gesessen und sein Glück war grenzenlos. Wilkins, der Reitknecht, führte den Pony vor dem Bibliothekzimmer auf und ab.

»Der Jungherr hat höllisch Courage,« äußerte sich Wilkins später im Stalle, »den rauf zu kriegen, hat keine Mühe gekostet und sitzen that er kerzengrad', trotz seinem Alter. ›Wilkins,‹ sagt' er zu mir, ›sitz ich gerad'? Im Cirkus sitzen sie sehr gerade.‹ ›Als ob Sie einen Ladstock verschluckt hätten, Mylord,‹ sag' ich; da lacht' er ganz vergnügt und sagt: ›Wilkins, Sie müssen mir's sogleich sagen, wenn ich nicht gerad' sitze, nicht wahr, Wilkins,‹ sagt er.«

Aber gerade sitzen auf einem Pony, der am Zügel geführt wird, war noch nicht der Höhepunkt der erträumten Glückseligkeit. Nach einigen Minuten fragte Fauntleroy zum Fenster herein: »Darf ich nicht allein reiten? Darf ich nicht schneller reiten? Der Junge aus der Fifth Avenue konnte traben und galoppieren.«

»Meinst du, daß du traben und galoppieren könntest?« erwiderte der Graf.

»Versuchen möcht' ich's gern,« rief Fauntleroy bittend.

Mylord machte dem Groom ein Zeichen, worauf dieser auf sein Pferd aufsaß und den Pony am Trensenzügel führte.

»Nun,« befahl der Graf, »lassen Sie ihn Trab gehen.«

Das war nun für den jungen Reitkünstler sehr aufregend und nicht gerade behaglich, denn daß Traben etwas anders wirkt als Schritt, erfuhr er gründlich.

»D–das w–wirft einen tü–tüchtig – gelt?« sagte er zu Wilkins. »Stö– stößt es S–Sie auch so?«

»Nein, Mylord,« erwiderte dieser. »Das verliert sich mit der Zeit. Heben Sie sich nur in den Bügeln.«

»I–ich h–hebe mich d–die ga–ganze–Zeit,« keuchte Fauntleroy.

Er flog auf und ab und hatte manch derben Stoß auszuhalten, sein Gesicht war dunkelrot und er kam kaum mehr zu Atem, aber er hielt stand und saß so gerade als möglich. Ein paar Minuten lang waren die Reiter dem Blicke des Grafen durch die Bäume entzogen, dann kamen sie wieder in Sicht, Cedrik ohne Hut, mit blutroten Wangen und fest aufeinandergepreßten Lippen, aber noch immer mannhaft trabend.

»Halt einen Augenblick!« rief der Graf. »Wo ist dein Hut?«

Wilkins griff an den seinigen. »Fortgeflogen, Mylord,« berichtete er mit sichtlicher Freude. »Der junge Herr ließ mich nicht halten, Mylord.«

»Angst hat er nicht viel?« fragte der Graf trocken.

»Der und Angst, Euer Herrlichkeit?« rief Wilkins begeistert aus. »Glaube, daß er das Ding nicht vom Hörensagen kennt. Hab' schon manchen jungen Herrn reiten gelehrt, aber so couragiert ist noch keiner droben gesessen.«

»Müde?« fragte der Graf Cedrik. »Willst du absteigen?«

»Es schüttelt einen mehr, als ich mir gedacht habe,« gab Seine kleine Herrlichkeit ehrlich zu. »Und müde wird man auch ein wenig, aber absteigen will ich nicht. Ich will's lernen, und wenn ich ein bißchen ausgeschnauft habe, möchte ich meinen Hut holen.«

Der feinste Diplomat hätte Cedrik keine bessere Anleitung geben können, des Großvaters Herz zu erobern. Als der Pony abermals davon trabte, lag ein Ausdruck von Freude in den lebhaften Augen des alten Herrn, den er sich selbst nicht mehr zugetraut hatte, und er saß und wartete mit wahrer Spannung, bis der Hufschlag wieder näher kam. Erst nach längerer Zeit erschienen die Reiter wieder, diesmal in rascherer Gangart. Wilkins hielt Cedriks Hut in der Hand, die Wangen des Knaben glühten noch mehr als zuvor und seine Haare flogen im Winde, aber es war ein richtiger, flotter Galopp, in dem er dahersauste.

»Hier!« stieß er hervor. »Ich – ich hab' galoppiert. So gut ging's noch nicht, wie bei dem Jungen in der Fifth Avenue, aber im Sattel bin ich doch!«

Von da ab war die Freundschaft mit Wilkins und dem Pony geschlossen, kaum ein Tag verging, an dem man die beiden nicht fröhlich auf der Landstraße und den grünen Wiesen dahin traben sah, und aus allen den Bauernhäusern liefen die Kinder herbei, um den stolzen, braunen Pony und seinen ritterlichen kleinen Reiter zu sehen, der so kerzengerade im Sattel saß, und der junge Lord schwang dann seine Mütze und rief: »Hallo! Guten Morgen!« was vielleicht nicht ganz gräflich, aber sehr herzlich klang. Zuweilen hielt er auch an und schwatzte mit den Kindern, und eines Tages kam Wilkins ziemlich aufgeregt nach Hause, weil Lord Fauntleroy darauf bestanden hatte, einen lahmen Knaben, der Schmerzen im Beine gehabt hatte, auf seinem Pony von der Schule nach Hause reiten zu lassen.

»Hol' mich der Kuckuck,« lautete der Bericht im Stalle, »wenn's ein andrer fertig gekriegt hätte, ihn abzubringen. Mich läßt er nicht absteigen, weil er behauptet, der Junge hätte Angst vor dem großen Gaul, und, sagt er: ›ich hab' gesunde Beine und der nicht.‹ Muß ich den Bengel hinaufsetzen, und nebenher schlendert Mylord und schwatzt, die Hände in den Taschen, als ob das ganz natürlich wär'. Und wie die Mutter aus'm Haus rennt und sehen will, was los ist, zieht er die Mütze und sagt: ›Ich habe Ihren Sohn heimgebracht und ich werde Großvater bitten, daß er ihm Krücken machen läßt, der Stock ist zu schwach.‹ Herrgott, dem Weibe fuhr's in alle Glieder vor Schreck – um ein Haar hätt' sie der Schlag gerührt.«

Wilkins war nicht recht wohl bei der Sache, da ihm sehr zweifelhaft war, wie der Graf sie aufnehmen werde. Dieser wurde jedoch merkwürdigerweise nicht böse, ließ sich sogar die Geschichte von Fauntleroy haarklein erzählen und lachte dann ganz laut. Und wahrhaftig geschah's, daß nach ein paar Tagen die Dorincourter Equipage vor dem armseligen Häuschen hielt, Fauntleroy heraussprang und, ein Paar neuer, starker und doch leichter Krücken wie ein Gewehr schulternd, in die Behausung des lahmen Knaben hineinmarschierte, wo er sein Geschenk mit den Worten: »Mein Großvater läßt Sie freundlich grüßen« überreichte.

»Ich habe Grüße von dir bestellt,« sagte er, als er wieder bei dem Grafen im Wagen saß. »Du hattest mir's zwar nicht aufgetragen, aber es war doch recht?«

Der Graf lachte wieder, hatte aber nichts gegen dieses Uebermaß an Höflichkeit einzuwenden. Die Freundschaft zwischen Großvater und Enkel befestigte sich jeden Tag mehr, und Fauntleroys unbedingtes Vertrauen in des Grafen Großmut, Herzensgüte und Edelsinn wuchs in gleichem Maße. Freilich wurde ihm jeder Wunsch erfüllt, noch eh' er ihn ausgesprochen hatte, und seine kleine Existenz dermaßen mit Freuden und Genüssen überschüttet, daß er manchmal beinahe hilflos davor stand und er möglicherweise, trotz all seiner guten Anlagen, in Gefahr gekommen wäre, sich verziehen zu lassen, wenn er nicht von jedem Besuche in Court Lodge ein gutes, warmes Wort mit heimgebracht und das Mutterherz, »sein bester Freund«, so treu über seine junge Seele Wache gehalten hätte.

Eins war es, was dem Kinde unendlich viel zu denken gab, ohne daß es sich darüber gegen Herzlieb ausgesprochen hätte und ohne daß der Graf eine Ahnung davon hatte. Bei seiner scharfen Beobachtungsgabe konnte dem Knaben nicht entgehen, daß der Großvater und seine Mama nicht miteinander verkehrten. Und doch ging jeden Tag eine Sendung von Blumen und Früchten aus den Gewächshäusern von Schloß Dorincourt nach Court Lodge, und zur Vollendung des Heiligenscheins, den das kleine Herz um den Großvater wob, hatte eine Aufmerksamkeit gedient, welche dieser kurz nach jenem ersten Sonntag Mrs. Errol erwiesen hatte. Etwa acht Tage darauf war es, daß Cedrik, als er sich anschickte, die Mama zu besuchen, an der Thür statt des stattlichen Landauers mit dem stolzen Gespanne einen eleganten leichten Brougham mit einem Schimmel vorfand.

»Das ist ein Geschenk, das du deiner Mutter machst,« erklärte der Graf kurz. »Sie kann nicht zu Fuße gehen und muß einen Wagen haben. Der Kutscher gehört auch dazu. Das Ganze ist dein Geschenk.«

Cedrik war so selig darüber, daß sie es nicht übers Herz brachte, ihm die Freude zu verderben und die Gabe zurückzuweisen. Sie mußte, nachdem er mit »seinem« Geschenk bei ihr angelangt war, wie sie ging und stand, einsteigen und mit ihm spazieren fahren, und unterwegs erzählte er ihr zahllose kleine Geschichten, die alle des Großvaters Güte zur Anschauung brachten. Manchmal mußte sie ein wenig dabei lachen, dann zog sie aber das Kind noch näher an sich und küßte den frischen Mund, der so gut zu plaudern wußte, und freute sich, daß sein Auge an dem alten Manne, der sich so wenig Freunde zu machen verstanden, nur das Gute entdeckte.

Am Tage darauf schrieb Fauntleroy den versprochenen langen Brief an Mr. Hobbs und brachte dem Großvater die Reinschrift zur Durchsicht – vorsichtshalber wegen der »O'thographie.«

Das Schreiben lautete:

»Lieber Mr. Hobbs ich möchte ihnen alles von meinem Großvater erzählen er ist der allerbeste Graf den sie je gesehen haben es ist ein irdum das Grafen tiranen sind er ist gar kein tiran sie und er würden gewis gute Freunde sein er hat die gicht in seinem Bain und ist ein sehr leitender aber er ist so gedulldich ich liebe in jeden tag mer man mus einen Grafen lieb haben der so guth ist gegen alle leutte ich wolte sie könten mit im sich unterhalten er weis alles aber base-ball hat er ni gesbilt er hat mir einen Pony gegeben und einen Korbwahgen und meiner mama einen schönen wahgen und ich habe drei zimer und sbilsachen sie würden sich nur wundern das schloß würde ihnen ser gefalen und der Park ist so schön ein unterihrtisches gehfengnis ist unter dem schloß mein Großvater ist ser reich aber er ist nicht stols und hochmütich wie sie gemeint haben das Grafen seihen ich bin ser gerne bei im die Leute sind so gut und höflich sie nemen die Hüte ab for uns und die Frauen machen ein komblümend ich kann jets reiten aber im anfang hat es mich ser geschütelt im Trab ich würde sie ser gern sehen und besuchen und ich möchte das Herzlieb auch im schloß wonen könte aber ich bin sehr glücklich wenn ich nicht ser heimwe nach ir habe und ich habe meinen Großvater ser lieb bitte schreiben sie bald ihrem sie herslich liebenden alten Freunde

Cedrik Errol.

p. s. in dem unterihrtischen gehfengnis ist niemand mein Großvater hat nie jemand darin schmagten lassen.

p. s. er ist so ein guter Graf er erinnert mich an sie alle haben in so gern.«

»Hast du denn oft Heimweh nach deiner Mama?« fragte der Graf, nachdem er die nicht ganz leichte Lektüre beendet hatte.

»Ja,« sagte Fauntleroy, »sie fehlt mir immer.«

Er legte die Hand auf des Grafen Knie und sah ihm fragend in die Augen.

»Du hast nie Heimweh nach ihr?« sagte er nachdenklich.

»Ich kenne sie ja nicht,« versetzte Mylord ziemlich bärbeißig,

»Das weiß ich und das wundert mich immer. Sie hat mir gesagt, ich soll keine Fragen darüber an dich richten, und ich will das auch nicht, aber daran denken muß ich doch sehr oft und mich darüber besinnen. Aber ich frage dich gewiß nicht. Wenn ich sehr Heimweh nach ihr habe, dann geh' ich in mein Zimmer und sehe hinaus und da kann ich jeden Abend durch eine Lücke in den Bäumen ihr Licht sehen, 's ist weit weg, aber sie stellt es ans Fenster, sobald es dunkel ist, und ich seh' es schimmern und weiß, was es mir sagt.«

»Was sagt es denn?«

»Es sagt: ›Gute Nacht! Schlaf wohl in Gottes Hut!‹ Das hat sie jeden Abend zu mir gesagt und morgens hat sie immer gesagt: ›Gott sei mit dir, mein Kind.‹ Und siehst du, so bin ich ja immer ganz in Sicherheit,«

»Gewiß! Zweifle nicht daran!« bemerkte der Graf trocken, aber er sah den Knaben so lange und unverwandt an, daß dieser gar gern gewußt hätte, was der Großvater dachte.

Die Sache war die, daß der Großvater in letzter Zeit an vieles dachte, was ihm früher nie in den Sinn gekommen war, und all diese Gedanken hatten in der einen oder andern Weise Bezug auf seinen Enkel. Der Stolz war der stärkst ausgeprägte Zug seines Wesens, und diesen befriedigte der Junge in jeder Hinsicht, und dieser Stolz war es, durch den der Graf zuerst wieder Interesse am Leben gewann. Er hatte es tragen müssen, nicht nur, daß seine Söhne ihm Kummer und Schande gemacht, sondern auch, daß die Welt dies erfahren und gewußt hatte. Nun war es ein nachträglicher Triumph, dieser Welt einen Erben zeigen zu können, an dem auch das schärfste Auge keinen Tadel oder Fehl entdecken konnte. Er machte nun gern Zukunftspläne, und zuweilen überkam ihn ein bittrer Schmerz darüber, daß seine Vergangenheit nicht so war, wie das arglose Kindergemüt sie voraussetzte, und ihm bangte oft innerlich vor der Möglichkeit, daß ein Zufall dem Kinde verraten könnte, daß man seinen Großvater mehr als ein Menschenalter lang den wilden Dorincourt genannt hatte, und daß dann die braunen Augen sich mit einem Ausdruck des Schreckens auf ihn heften könnten. Er hatte so viel zu denken, daß er häufig die Gicht vergaß, und nach einiger Zeit fand der Arzt seinen Patienten in einem so erfreulichen Gesundheitszustande, wie er ihn nie mehr für ihn zu hoffen gewagt hatte – vielleicht, daß es dem alten Egoisten auch körperlich wohl that, nicht mehr allein an sich zu denken, es war wenigstens eine bisher nicht an ihm versuchte Kur!

Eines schönen Morgens waren die Leute höchlichst erstaunt, Lord Fauntleroy, in ganz andrer Begleitung, als der seines Grooms ausreiten zu sehen. Der neue Begleiter ritt einen schweren, mächtigen Schimmel und war kein andrer, als der Graf in Person. Fauntleroy hatte diesen großen Gedanken angeregt, indem er eines Morgens beim Aufsteigen bemerkte: »Ich wollte nur, du kämest auch mit. Das Reiten macht mir gar nicht so viel Freude, weil ich dann immer denke, wie ganz allein du in dem großen Schlosse bist,« und dabei sah er den Großvater erwartungsvoll an.

Ein paar Minuten darauf herrschte unerhörte Aufregung im Stalle; es war der Befehl eingetroffen, daß Selim für Seine Herrlichkeit gesattelt werden solle. Von da an ward Selim fast täglich gesattelt, und die Leute gewöhnten sich ganz daran, den großen alten Herrn mit den weißen Haaren und dem scharf geschnittenen, noch immer schönen Gesichte auf dem wuchtigen, breit gebauten Schimmel zu sehen, und daneben den hübschen braunen Pony mit Lord Fauntleroy. Während dieser gemeinsamen Ritte wußte Cedrik immer viel zu plaudern in seiner heiteren, harmlosen Weise, und der Großvater wurde allmählich über »Herzlieb« und ihr Leben aufs genaueste unterrichtet und schien seinem kleinen Freunde nicht ungern zuzuhören. Zuweilen hieß er ihn dann galoppieren und sah ihm mit wahrer Herzensfreude nach, wenn der Bursche stramm und flott dahinsauste, und wenn er dann zum Großvater zurückkehrte, seine Mütze schwenkend und ihm ein lustiges »Hallo« entgegen schmetternd, fühlten beide, daß sie sehr gute Freunde geworden waren.

Der Graf erfuhr auch bald, daß die Mutter seines Erben kein müßiges Leben führte; er erfuhr, daß sie den Armen und Kranken wohl bekannt war und daß der leichte Brougham unfehlbar vor jedem Hause hielt, wo Sorge oder Krankheit eingekehrt war.

»Denke dir,« berichtete Ceddie, »wo sie nur sich zeigt, sagen die Leute: ›Gott segne Sie‹, und die Kinder laufen herbei, um ihr die Hand zu geben. Den größeren gibt sie auch Nähstunde bei sich und sie sagt, sie komme sich nun so reich vor, daß sie den Armen helfen müsse.«

Es war dem Grafen keine unangenehme Entdeckung gewesen, daß seines Enkels Mutter hübsch und in ihrer ganzen Erscheinung eine vollkommene Dame war; auch daß sie bei den Leuten beliebt war, behagte ihm. Und doch kam es oft wie Eifersucht über ihn, wenn der Junge von seiner Mutter sprach, und er hätte die erste Stelle in dem jungen Herzen einnehmen mögen.

An diesem Morgen zeigte der Graf von einer kleinen Anhöhe aus mit seiner Peitsche auf das unermeßlich weite, blühende Land vor ihnen.

»Weißt du eigentlich, daß das alles mir gehört?« fragte er Cedrik.

»Wahrhaftig? Das alles dir – dir ganz allein?« rief der Junge aus.

»Und weißt du auch, daß es eines Tages dein Eigentum sein wird?«

»Meins?« sagte Fauntleroy, mehr erschrocken, als erfreut. »Wann?«

»Nach meinem Tode.«

»Dann will ich's nicht. Du sollst nie sterben, Großvater!«

»Nett von dir,« bemerkte der Graf trocken. »Trotzdem wird es eines Tages so kommen und du bist dann Graf Dorincourt.«

Der kleine Lord schwieg einen Augenblick und sah in die weite, grüne Ebene hinaus, in der das Dorf zerstreut lag, dann seufzte er tief auf.

»Woran denkst du?« fragte der Graf.

»Ich denke, daß ich doch noch ein recht kleiner Junge bin, und dann auch an das, was Herzlieb mir gesagt hat.«

»Was hat sie dir denn gesagt?«

»Sie sagt, es sei gar nicht leicht, reich zu sein, und daß, wenn man so viel besitze, es einem leicht geschehen könne, zu vergessen, daß andre weniger haben, und daß man daran immer denken müsse, wenn man reich sei. Ich hab' ihr erzählt, wie gut du seiest, und da hat sie gesagt, das sei um so mehr ein Glück, als ein Graf so große Macht in Händen habe, und wenn er nur an sich denken würde, könnte das für viele ein Unglück sein. Und nun hab' ich eben all die vielen Häuser angesehen und hab' mich besonnen, wie ich's wohl machen werde, um immer zu wissen, was die Leute brauchen, wenn ich Graf bin. Wie hast denn du das gemacht?«

Da Seine Herrlichkeit an seinen Pächtern nur insoweit Anteil nahm, daß er sie fortjagte, wenn sie nicht zahlen konnten, war die Frage etwas schwierig zu beantworten. »Newick besorgt das,« sagte er kurz und strich sich den grauen Schnurrbart. »Wir wollen jetzt nach Hause,« setzte er hinzu, »und wenn du ein Graf bist, so sieh zu, daß du ein besserer wirst, als ich gewesen!«

Etwa eine Woche nach diesem Ritt kam Fauntleroy, mit sehr bekümmertem, traurigem Gesicht von dem Besuche bei seiner Mutter zurück.

Er setzte sich auf den hochlehnigen Stuhl, in dem er am Abend seiner Ankunft gesessen hatte, und sah eine ganze Weile in die noch glühende Asche im Kamin. Der Graf beobachtete ihn im stillen und war gespannt, was nun folgen würde, denn daß er etwas auf dem Herzen hatte, war sicher. Endlich blickte Cedrik auf: »Weiß Newick alles von den armen Leuten?« fragte er.

»Er sollte alles wissen,« erwiderte der Graf. »Hat er etwas vernachlässigt – hm?«

So voll Widerspruch ist die menschliche Natur, daß der alte Herr, der sich sein lebenlang nicht um seine Gutsangehörigen bekümmert hatte, an dem Interesse des Kindes für die Leute und an der ersten Gedankenarbeit, die der kleine Lockenkopf in dieser Richtung vollbrachte, seine ganz besondre Freude hatte.

»Es gibt im Dorfe,« sagte Fauntleroy, ihn mit weitgeöffneten, schreckerfüllten Augen anblickend, »eine Gegend, am äußersten Ende, Herzlieb hat es gesehen, dort stehen die Häuser ganz nahe bei einander und sind alle am Einfallen, man kann kaum atmen drin, und die Leute sind so arm, und alles ist so gräßlich! Oft haben sie Fieber, und die Kinder sterben und vor lauter Elend werden die Menschen bösartig! 's ist viel schlimmer als bei Bridget! Der Regen läuft zum Dache herein! Herzlieb hat eine arme Frau besucht, die dort wohnt, und dann hab' ich sie gar nicht küssen dürfen, eh' sie sich anders angezogen hatte. Wie sie mir es erzählt hat, sind ihr die Thränen aus den Augen gestürzt.«

Auch in seinen Augen standen Thränen, aber trotzdem lächelte er voll Zuversicht, als er aufsprang und sich an des Großvaters Knie schmiegte.

»Ich hab' ihr gesagt, daß du das nur nicht wüßtest, und daß ich dir's sagen wolle. Du kannst ja alles besser machen, wie du's bei Higgins gut gemacht hast. Du hilfst ja allen Menschen! Newick muß nur vergessen haben, dir das zu sagen.«

Newick hatte es nicht vergessen, er hatte seinem Herrn sogar mehr als einmal die verzweifelte Lage der Leute in diesem »Grafenhof« genannten Teile des Dorfes geschildert. Er kannte sie wohl, die windschiefen, elenden Spelunken mit den nassen Wänden und zerbrochenen Fensterscheiben und löcherigen Dächern, in denen Fieber und Elend hauste. Mr. Mordaunt hatte ihm das alles oft und viel in den schwärzesten Farben gemalt, und dann hatte der Graf eine sarkastische Antwort gegeben, und wenn die Gicht gerade schlimm war, hatte er erklärt, je früher das Gesindel draufgehe, desto besser. Aber als er jetzt auf die kleine Hand auf seinem Knie heruntersah und von der Hand in die ehrlichen, offnen, vertrauensvollen Augen, da überkam ihn ein Gefühl, das mit dem der Scham starke Ähnlichkeit hatte.

»Was?« sagte er. »Nun willst du auch noch einen Erbauer von Musterwohnhäusern aus mir machen? Was für eine Idee!«

»Die greulichen Häuser müssen abgerissen werden,« erklärte Cedrik eifrig. »Herzlieb sagt es. O bitte – bitte, wir wollen sie morgen schon abbrechen lassen! Und wir wollen selbst hingehen; die Leute freuen sich so, wenn sie dich sehen – sie wissen's dann schon, daß du kommst, um ihnen wieder zu helfen.«

Der Graf stand auf. »Komm, wir wollen unsern Abendspaziergang auf der Terrasse machen,« sagte er mit einem kurzen Auflachen, »und uns die Geschichte überlegen.«

Neuntes Kapitel

Schwere Sorgen

Die Wahrheit war, daß Mrs. Errol bei ihren Besuchen im Dorfe, das ihr erst so malerisch erschienen war, viel Elend, Jammer, Not, Trägheit und Böswilligkeit kennen und nach und nach einsehen gelernt hatte, daß Erleboro nicht mit Unrecht für das ärmste und am meisten vernachlässigte Dorf des ganzen Landesteiles galt. Vieles sah sie mit eignen Augen, vieles erfuhr sie durch Mr. Mordaunt, der ihr gern sein Herz ausschüttete und ihres Anteils froh ward. Die Intendanten, die alles zu verwalten hatten, suchten nur jeglichen Konflikt mit dem Grafen zu vermeiden, und so wurde von Tag zu Tage alles schlimmer, Grafenhof war aber in der That ein Fieberherd, und der Zustand der Häuser sprach laut genug von der Gleichgültigkeit des Gutsherrn gegen seine Leute. Als Mrs. Errol den Ort zum erstenmal betrat, erfaßte sie ein Schauder, und als sie die bleichen, verwahrlosten, zwischen Laster und Schmutz aufwachsenden Kinder sah und ihres Jungen gedachte, der nun in fürstlicher Pracht seine goldne Kindheit verlebte, stieg ein kühner Gedanke in diesem weisen kleinen Mutterherzen auf.

»Der Graf gewährt meinem Kinde jede Bitte,« hatte sie zu Mr. Mordaunt gesagt. »Er befriedigt jeden kleinsten Wunsch. Weshalb soll diese Güte oder Schwäche nicht auch andern zu gute kommen?«

Sie kannte das reine, warme Kinderherz durch und durch, und so erzählte sie ihm von dem entsetzlichen Stande der Dinge im Grafenhof, sicher, daß er mit dem Großvater davon sprechen werde, und hoffend, daß dies gute Früchte tragen möchte.

Und dem war so. Was auf den alten Herrn den stärksten, unwiderstehlichsten Einfluß übte, war seines Enkels felsenfestes, unerschütterliches Vertrauen in seine Großmut und Güte. Er konnte es nicht übers Herz bringen, den Jungen darüber aufzuklären, daß Selbstsucht und Eigenwillen die Grundzüge seines Handelns und Lebens gewesen waren. Als ein Wohlthäter der Menschheit und als Inbegriff aller ritterlichen Tugenden angesehen zu werden, war etwas entschieden Neues, und der Gedanke, diesen liebevollen braunen Augen gegenüber auszusprechen: »Es ist mir ganz einerlei, ob das Gesindel zu Grunde geht oder nicht«, schien ihm vollkommen unausführbar. Schon hatte er den kleinen Blondkopf so lieb gewonnen, daß er sich, um dessen Illusionen zu schonen, lieber auf einer guten That ertappen ließ, wobei er sich freilich selbst sehr lächerlich vorkam. Newick wurde zur Audienz befohlen und nach längerer Beratung der Beschluß gefaßt, daß die elenden Bretterbuden eingerissen und an ihrer Stelle menschliche Wohnungen errichtet werden sollten.

»Lord Fauntleroy dringt darauf,« bemerkte er trocken, »er sieht darin eine Verbesserung des Besitztums. Sie können es die Leute wissen lassen, daß der Gedanke von ihm ausgeht.«

Natürlich verbreitete sich die Kunde von dieser geplanten Verbesserung mit Windeseile. Erst begegnete dieselbe mannigfachem Unglauben, als aber eine Schar fremder Arbeiter eintraf und die baufälligen Hütten einzureißen begann, ward es den Leuten klar, daß dieser kleine Lord wieder Großes für sie gewirkt hatte, und sein Lob wurde in allen Tonarten gesungen und die kühnsten Prophezeiungen für seine Zukunft ausgesprochen. Von dem allem ahnte er nichts. Er lebte sein glückliches Kinderdasein, rannte jauchzend im Park umher, hegte die Kaninchen in ihrem Bau, lag im Grase unter den großen Bäumen oder auf dem Teppiche vor dem Kamine und las wundervolle Geschichtenbücher, deren Inhalt er dann erst dem Grafen und später seiner Mutter wiedererzählte; auch lange Briefe an Dick und Mr. Hobbs wurden abgesandt und von drüben beantwortet.

Als der Neubau der kleinen Häuser begonnen hatte, ritt er häufig mit dem Großvater nach Grafenhof hinüber und nahm lebhaften Anteil an der Arbeit. Er stieg dann womöglich ab und machte die Bekanntschaft der Arbeiter, wobei er über allerlei Handwerksgeheimnisse Aufschluß erhielt und ihnen von Amerika erzählte. Wenn die Herrschaft dann den Bauplatz verlassen hatte, war der kleine Lord mit seinen harmlosen, hier und da komischen Redensarten noch lange das Gesprächsthema. »Das ist ein Rarer,« hieß es, »und gescheit ist er und so gemein mit unsereinem.« Natürlich wurde alles, was Fauntleroy gesprochen hatte, weiter erzählt, und so kam jeder in Besitz einer ganzen Sammlung von Anekdoten über den kleinen Lord, und nach und nach wußte man weit und breit, daß der »wilde Graf« zu guter Letzt noch etwas gefunden hatte, was seinem harten, verbitterten Herzen lieb war.

Wie lieb, das wußte freilich niemand, denn er äußerte sich gegen keinen Menschen über seine Empfindung für Cedrik, und wenn er je von ihm sprach, geschah es mit einem halb ironischen Lächeln. Fauntleroy aber fühlte es wohl, daß er dem Großvater lieb war und daß dieser ihn gern um sich hatte, ob's nun in seinem behaglichen Bibliothekzimmer war, wenn er im Lehnstuhle saß, oder bei Tische oder draußen beim Reiten und Fahren und dem Abendspaziergange auf der Terrasse.

»Weißt du noch,« begann Cedrik, der mit einem Buche vor dem Kamine lag, einmal plötzlich, »weißt du noch, was ich am ersten Abende hier zu dir gesagt habe? Daß man in dem großen Hause gut zu einander passen müsse? Nun wir zwei passen zu einander, bessre Freunde kann's doch wohl nicht geben.«

»Jawohl, wir vertragen uns leidlich,« erwiderte der Graf. »Komm 'mal her.«

Fauntleroy krabbelte in die Höhe und kam.

»Gibt es noch irgend etwas, was dir fehlt, was du gern haben möchtest?«

Die großen braunen Augen hefteten sich plötzlich nachdenklich und ernsthaft auf den Großvater.

»Nur eins,« erwiderte er bestimmt.

»Und das ist?«

Fauntleroy sammelte sich einen Augenblick, er hatte nicht umsonst so viel über die Sache nachgedacht.

»Herzlieb,« sagte er dann halblaut.

Der Graf zuckte ein wenig mit den Augenbrauen.

»Du siehst sie ja fast jeden Tag,« sagte er, »genügt das nicht?«

»Früher sah ich sie den ganzen Tag,« versetzte das Kind, »und wenn ich zu Bett gegangen bin, hat sie mich geküßt, und morgens war sie bei mir, wenn ich aufgewacht bin, und wenn wir uns etwas sagen wollten, konnten wir's gleich thun und brauchten nicht zu warten.«

»Vergißt du denn deine Mutter nie?« fragte der alte Mann, ihm tief in die Augen blickend.

»Nein, nie! Und sie vergißt mich auch nicht. Ich würde dich auch nie vergessen, wenn ich nicht bei dir wäre, und würde immer an dich denken.«

»Wahrhaftig, du wärst's im stande?« sagte der Graf nach einer Pause.

Die Eifersucht, die ihn befiel, wenn der Knabe von seiner Mutter sprach, steigerte sich mit der Liebe zu demselben.

Bald aber kamen ernstere Sorgen, die ihn diese kleine Bitterkeit vergessen ließen, ja, die ihn vergessen ließen, daß er seines Sohnes Frau so gehaßt hatte. Kurz bevor der Neubau in Grafenhof beendigt war, wurde in Dorincourt ein großes Diner gegeben – es war lange her, daß sich etwas derartiges im Schlosse ereignet hatte. Einige Tage vorher schon trafen Sir Harry Lorridaile und Lady Lorridaile, des Grafen einzige Schwester, ein und auch dies war ein höchst befremdliches Ereignis, infolgedessen Mrs. Dibbles Ladenglocke wieder harte Arbeit bekam, denn das war ja allgemein bekannt, daß Lady Lorridaile seit ihrer Hochzeit vor fünfunddreißig Jahren das Schloß nicht mehr betreten hatte. Sie war jetzt eine alte hübsche Dame mit weißen Locken und Grübchen in den runden Wangen und einem Herzen wie Gold; sie hatte aber des Bruders Leben und Treiben so wenig gebilligt, als irgend jemand, und da sie nicht schüchterner Natur war und gerade heraus zu reden pflegte, hatte sie ihm dies keineswegs verheimlicht, und das Ergebnis solcher Offenheit war gewesen, daß sie einander aus dem Wege gingen.

Gehört hatte sie mehr von ihm, als ihr lieb war, in dieser Zeit der Trennung; man hatte ihr erzählt, wie er seine Frau vernachlässigte und wie gleichgültig er gegen seine Kinder war; auch von den zwei älteren, schwächlichen, verkommenen, unbegabten Söhnen hatte sie mehr als genug erfahren. Gesehen hatte sie keinen von beiden im Leben, aber eines schönen Tages hatte sich in Lorridaile Park ein hübscher, schlanker junger Mensch von etwa achtzehn Jahren eingefunden und hatte sich ihr als ihr Neffe Cedrik Errol vorgestellt, der, da ihn sein Weg in diese Gegend geführt habe, nicht versäumen wolle, die Tante Constantia zu besuchen, von der ihm seine längst verstorbene Mutter viel erzählt. Der guten Dame war dabei das Herz aufgegangen, und sie hatte den Neffen eine ganze Woche festgehalten und verhätschelt und über die Maßen bewundert und hatte ihn schließlich abreisen sehen in der bestimmten Hoffnung, den frohgemuten, warmherzigen, munteren Gesellen oft und viel wieder bei sich zu sehen. Das war aber nicht geschehen, denn er fand bei seiner Heimkehr den Vater in sehr ungnädiger Laune und erhielt den gemessenen Befehl, Lorridaile Park nicht wieder zu betreten. Trotzdem bewahrte ihm die Tante ein warmes Plätzchen in ihrem Herzen, und wenn sie auch selbst die amerikanische Heirat für etwas übereilt hielt, war sie doch sehr entrüstet, als sie von der Verstoßung durch den Vater und Cedriks völligem Abgeschnittensein hörte. Schließlich drang die Kunde von seinem Tode auch zu ihr, und bald darauf erfuhr sie, daß Bevis infolge eines Sturzes vom Pferde und Maurice am römischen Fieber gestorben seien, und schließlich war dann die Geschichte von dem aus Amerika herübergeholten Lord Fauntleroy aufgetaucht.

»Der wird wohl auch zu Grunde gerichtet werden,« sagte sie zu ihrem Manne, »so gut wie die andern, es müßte denn sein, daß die Mutter energisch und gescheit genug wäre, dem Alten das Gegengewicht zu halten.«

Als sie nun vollends erfuhr, daß diese Mutter gar nicht bei ihrem Kinde sein durfte, fand sie gar keine Worte mehr für ihre Entrüstung.

»Das ist doch himmelschreiend, Harry,« sagte sie. »Stell dir doch vor, ein Kind in dem Alter von der Mutter weg und zu einem Manne wie mein Bruder. Entweder wird er barbarisch roh behandelt oder verwöhnt, daß sein Lebtag nichts Ordentliches mehr aus ihm werden kann. Wenn ich denken könnte, daß ein Brief etwas nutzen würde, so – «

»Das wäre sicher nicht der Fall, Constantia,« bemerkte Sir Harry.

»Freilich nicht, dafür kennen wir Seine Herrlichkeit! Aber ganz und gar abscheulich ist's.«

Nicht nur bei den Pächtern des Grafen war viel von dem neuen Lord Fauntleroy die Rede, sondern der Ruf seiner Schönheit, Gutherzigkeit und seines zunehmenden Einflusses auf den Großvater drang bald in weitere Kreise, und nach kurzer Zeit verbreiteten sich die kleinen Geschichten und Anekdötchen von ihm in den Landsitzen der englischen Aristokratie. Bei Diners gab er nicht selten das Gesprächsthema ab; die Damen ergingen sich in mitleidigen Betrachtungen über das Schicksal der jungen Mutter und hätten gar zu gern gewußt, ob der Knabe wirklich so hübsch sei, wie behauptet wurde, und wer den Grafen und seine Vergangenheit kannte, lachte herzlich über des kleinen Burschen treuherzigen Glauben an seines Großvaters Güte und Liebenswürdigkeit. Sir Thomas Asshe war zufällig einmal in Erleboro gewesen und war Großvater und Enkel zu Pferde begegnet und hatte ersteren flüchtig begrüßt und ihn zu seinem guten Aussehen und der Ruhepause in seiner Gicht beglückwünscht. »Wie ein Truthahn hat sich der alte Sünder aufgebläht,« erzählte er nachher, »und zu verwundern ist es nicht, denn einen hübscheren Jungen als den amerikanischen Enkel habe ich wahrhaftig nie gesehen! Und auf seinem Pony saß das Kerlchen, stramm und sicher, wie ein kleiner Husar!«

So hatte natürlich auch Lady Lorridaile vielerlei von dem Knaben gehört und die Geschichten von Higgins, dem lahmen Kinde, dem Neubau von Grafenhof und viele andre riefen in ihr den lebhaften Wunsch hervor, ihn kennen zu lernen. Während sie im stillen ihre Pläne schmiedete, wie dies zu bewerkstelligen sei, traf zu ihrer unsäglichen Ueberraschung eine eigenhändige Einladung des Grafen für sie und ihren Gemahl ein.

»Unerhört! Unglaublich!« rief sie ein über's andre Mal. »Nun ist kein Zweifel mehr, daß der Junge Wunder wirkt; es heißt ja, mein Bruder vergöttere ihn und lasse ihn nicht mehr aus den Augen. Und stolz und eitel sei er auf ihn – wahrhaftig, ich glaube, er will ihn uns nur zeigen.«

Angenommen wurde die Einladung und kurze Zeit darauf trafen Sir Harry und seine Frau eines Nachmittags in Schloß Dorincourt ein. Es war schon ziemlich spät und sie zogen sich, noch ehe sie den Hausherrn begrüßt hatten, auf ihre Zimmer zurück, um Toilette zum Diner zu machen. Als sie nachher den Salon betraten, stand der Graf in seiner imponierenden Größe am Kamin und neben ihm ein kleiner Junge mit einem großen van Dyck-Kragen, welcher der neuen Tante aus einem

Paar so ehrlicher brauner Augen ins Gesicht sah, daß sie kaum einen Ausruf freudiger Ueberraschung unterdrücken konnte.

Als sie ihrem Bruder die Hand schüttelte, kam ihr unwillkürlich sein Vorname auf die Lippen, mit dem sie ihn seit Kindeszeiten nicht mehr angeredet hatte.

»Wie, Molyneux,« sagte sie, »ist das der Junge?«

»Gewiß, Constantia,« erwiderte ihr Bruder, »Fauntleroy, dies ist deine Großtante, Lady Lorridaile.«

»Wie geht es dir, Großtante?« sagte Fauntleroy.

Sie legte die Hand auf seine Schulter, und nachdem sie einen Augenblick in das ihr zugewandte süße Gesicht geblickt hatte, küßte sie ihn herzlich.

»Ich habe deinen armen Papa sehr lieb gehabt, und du siehst ihm ähnlich,« sagte sie bewegt. »Nenne du mich nur Tante – Tante Constantia.«

»Das freut mich, wenn man mir das sagt, denn es scheint, daß jedermann meinen Papa lieb gehabt hat, ganz wie Herzlieb auch – Tante Constantia,« setzte er nach einer kleinen Pause nicht ohne Anstrengung hinzu.

Lady Lorridaile war entzückt. Sie beugte sich noch einmal über ihn, um ihn zu küssen, und die Freundschaft war geschlossen.

»Nun, Molyneux,« sagte sie später zu dem Grafen, »besser hatte die Sache nicht ausfallen können.

»Das meine ich auch,« bemerkte ihr Bruder trocken. »Es ist ein hübscher kleiner Kerl, und wir sind sehr gute Freunde. Mich hält er für den sanftmütigsten, liebenswürdigsten Philanthropen der Welt. Da du es doch herauskriegen würdest, Constantia, will ich dir's lieber gleich sagen: Der Junge kann mich alten Narren um den Finger wickeln.«

»Und was hält seine Mutter von dir?« fragte Lady Lorridaile mit ihrer gewohnten Unverblümtheit.

»Das habe ich sie nicht gefragt,« versetzte der Graf mürrisch.

»Höre, Bruder,« fuhr Lady Lorridaile fort, »ich will von vornherein offen und ehrlich zu Werke gehen und dir nicht vorenthalten, daß ich deine Handlungsweise ganz und gar mißbillige und fest entschlossen bin, Mrs. Errol meinen Besuch zu machen. Wenn du deshalb Streit mit mir anfangen willst, so sprich dich lieber jetzt gleich aus.

Alles, was ich von dem jungen Frauchen höre, berechtigt mich zu der Annahme, daß sie den Jungen zu dem gemacht hat, was er ist; sogar deine Pächtersleute sollen sie ja verehren wie eine Heilige.«

»Sie vergöttern Cedrik,« sagte der Graf. »Was Mrs. Errol betrifft, so wirst du eine recht hübsche kleine Frau kennen lernen, und ich bin ihr eigentlich zu Dank verpflichtet, daß sie dem Jungen so viel von ihrer Schönheit abgegeben hat.

Mit deinen Besuchen kannst du es nach Belieben halten, nur bitte ich mir aus, daß sie ruhig in Court Lodge bleibt, und daß du nicht etwa von mir verlangst, daß ich sie besuche.«

»So schlimm ist es lange nicht mehr mit seinem Hasse,« äußerte sich Lady Lorridaile nachher gegen ihren Gatten, »er ist überhaupt auf dem Wege, ein andrer Mensch zu werden, und, unglaublich aber wahr, er kann zu guter Letzt noch ein Herz bekommen, alles durch seine Zuneigung für den unschuldigen, goldigen kleinen Burschen. Das Kind hat ihn ja wirklich und wahrhaftig lieb. Er lehnt sich an sein Knie, wenn er mit ihm spricht; Mylords eigne Kinder hätten sich eher bei einem Tiger niedergelassen.«

»Molyneux, sie ist die bezauberndste, anmutigste Frau, die ich je gesehen habe,« erklärte Lady Lorridaile ihrem Bruder, als sie am nächsten Tage von ihrem Besuche bei Mrs. Errol zurückkam. »Ihre Stimme ist wie ein silbernes Glöckchen, und du dankst ihr alles, was du an dem Jungen hast, durchaus nicht nur die Schönheit. Dein größter Mißgriff ist, daß du sie nicht herzlich bittest, bei dir zu wohnen und für dich zu sorgen. Uebrigens lade ich sie nach Lorridaile ein.«

»Sie trennt sich nicht so weit von dem Kinde,« bemerkte der Graf.

»Dann muß der auch mitkommen,« erklärte Lady Lorridaile lachend.

Sie wußte sehr wohl, daß letzteres nicht zu erreichen gewesen wäre. Mit jedem Tage sah sie mehr und mehr, wie fest Großvater und Enkel aneinander hingen und wie alles, was der rauhe alte Mann an Ehrgeiz, Hoffnung und Herzenswärme besaß, sich auf das Kind konzentrierte, dessen liebevolle, reine Seele diese Liebe vertrauensvoll und selbstverständlich erwiderte.

Sie wußte auch, daß die eigentliche Veranlassung, in Schloß Dorincourt nach Jahren der Einsamkeit wieder eine große Gesellschaft zu geben, keine andre war, als das Verlangen, der Welt den Enkel und Erben zu zeigen und sie zu überzeugen, daß der Junge, von dem so viel gesprochen und gefabelt wurde, alle diese Schilderungen noch weit hinter sich ließ.

»Bevis und Maurice haben ihm so tiefe Demütigungen bereitet,« sagte Lady Lorridaile zu ihrem Manne, »daß er sie förmlich gehaßt hat. Jetzt kann sein Stolz endlich einen Triumph feiern.«

Angenommen wurde die Einladung von allen Seiten, und wohl nirgends, ohne daß die Gebetenen in Bezug auf Lord Fauntleroy sehr neugierig waren und die Frage besprochen wurde, ob man ihn wohl zu sehen bekommen werde.

Der Abend kam und Lord Fauntleroy war sichtbar.

»Der Junge hat so gute Manieren,« entschuldigte der Graf diese etwas ungewöhnliche Anordnung seiner Schwester gegenüber. »Er wird niemand im Wege sein. Kinder sind in der Regel Dummköpfe oder Quälgeister – die meinigen waren beides – aber er kann antworten, wenn man mit ihm spricht, und schweigen, wenn dies nicht geschieht. Unangenehm bemerklich macht er sich nie.«

Sein Talent zum Schweigen zu entwickeln fand Fauntleroy wenig Gelegenheit, denn die ganze Gesellschaft schien es darauf abgesehen zu haben, ihn zum Reden zu bringen. Die Damen waren sehr zärtlich gegen ihn und hatten alles mögliche zu fragen, und die Herren trieben ihren Scherz mit ihm, gerade wie es auf der Reise von Amerika an Bord des Dampfers gewesen war. Fauntleroy war sich zuweilen nicht klar, weshalb seine Antworten so herzliches Lachen hervorriefen, aber er hatte die Erfahrung ja schon öfter gemacht, daß die Leute lachen mußten, wenn es ihm vollkommen Ernst war, und so ließ er sich nicht drausbringen, sondern freute sich des festlichen Abends von Herzen. Alles entzückte ihn, der Lichterglanz in den prächtigen Gemächern, die herrlichen Blumen, die jeden Raum schmückten, die fröhlichen Menschen, besonders aber die Damen mit den wunderbaren, glänzenden Toiletten und den schimmernden Juwelen. Eine junge Dame war darunter – er hörte sagen, daß sie eben von London komme, wo sie die Saison mitgemacht – die war so bezaubernd, daß er kaum den Blick von ihr wenden konnte. Sie war ziemlich groß, und auf dem schlanken Halse saß ein stolzes, feines Köpfchen, von dunklem, weichem Haar umrahmt, mit großen, tiefblauen Augen und roten Lippen. Ihr ganzes Wesen hatte einen fremdartigen, wunderbaren Reiz, und weil eine Menge von Herren sie huldigend umringten und ängstlich bestrebt schienen, Eindruck auf sie zu machen, nahm Cedrik entschieden an, daß sie eine Prinzessin sein müsse. In seinem Bilderbuche hatte die Prinzessin ja auch ein weißes Atlaskleid und eine Perlenschnur um den Hals. Sein Interesse war so groß, daß er sich ihr halb unbewußt immer mehr näherte, bis sie sich endlich rasch zu ihm wandte.

»Komm doch her, Lord Fauntleroy,« sagte sie lächelnd,»und sage mir, weshalb du mich so ansiehst?«

»Weil du so schön bist,« erwiderte Seine Herrlichkeit unerschrocken.

Die umstehenden Herren brachen in ein schallendes Gelächter aus, und auch die junge Dame lachte ein wenig und errötete kaum merklich.

»Ach, Fauntleroy,« sagte einer der jungen Herren,»nutze nur deine Zeit gut! Wenn du älter bist, hast du nicht mehr den Mut, so was zu sagen.«

»Aber das muß doch jedermann sagen,« erwiderte Fauntleroy mit seinem hellen Stimmchen.»Finden Sie denn nicht, daß sie schön ist?«

»Wir dürfen aber nicht sagen, was wir denken,« versetzte der Gefragte unter erneuter Heiterkeit, so daß das schöne Mädchen, Miß Vivian Herbert, den etwas verdutzt dreinblickenden Cedrik schützend zu sich heranzog, wobei sie womöglich noch hübscher aussah als zuvor.

»Lord Fauntleroy darf sagen, was er denkt, und ich freue mich darüber – jedenfalls ist es sein voller Ernst,« erklärte sie und küßte ihn auf die Wange.

»Ich glaube, daß du schöner bist als alle Menschen, die ich je gesehen habe,« sagte Cedrik, sie voll tiefer Bewunderung ansehend,»das heißt, außer Herzlieb. Natürlich kann ich niemand ganz so schön finden, wie Herzlieb.«

»Da hast du sicher recht,« stimmte Miß Vivian Herbert lachend bei.

Sie ließ ihn den ganzen Abend nicht mehr von ihrer Seite, und der Kreis, dessen Mittelpunkt die beiden waren, that sich durch besondre Heiterkeit hervor. Cedrik konnte sich nachher nicht mehr genau darauf besinnen, wie es gekommen war, allein plötzlich war er mitten drin, den Fackelzug bei der Präsidentenwahl zu schildern und von seinen Freunden Mr. Hobbs und Dick und Bridget zu erzählen, und schließlich zeigte er mit großem Stolz Dicks Abschiedsgeschenk – das rotseidene Taschentuch.

»Ich habe es heute zu mir gesteckt,« erklärte er wichtig,»weil Gesellschaft ist und ich denke, es würde Dick freuen, wenn ich's in Gesellschaft trage.«

Mit so großem Ernst und so inniger Zärtlichkeit sah er auf das für Dicks Geschmack nicht gerade empfehlende feuerfarbene Ding mit den Hufeisen, daß seine Zuhörer ihr Lächeln unterdrückten. Aber trotzdem Cedrik so viel Beachtung zu teil wurde, machte er sich, wie der alte Herr vorher gesagt hatte, nie unangenehm bemerklich. Er konnte schweigen und ruhig zuhören, wenn andre sprachen, und so ward seine Gegenwart keinem Menschen lästig. Wenn er dann von Zeit zu Zeit neben seinem Großvater stand oder saß und ihm mit dem Ausdruck hingebendster Bewunderung zuhörte, glitt ein leises Lächeln über mehr als ein Gesicht. Einmal hatte er sich so nahe an seinen Stuhl gedrängt, daß seine Wange des Grafen Schulter berührte, und dieser lächelte selbst, als er die allgemeine Aufmerksamkeit auf den kleinen Vorgang gerichtet sah. Wußte er doch zu genau, was die Zuschauer dabei dachten, und er fand entschieden eine geheime Befriedigung darin, daß die Leute sahen, welch' gute Kameraden er und der Junge, der das landläufige Urteil über seinen Großvater so gar nicht teilte, geworden waren.

Mr. Havisham war am Nachmittag schon erwartet worden, schien sich aber auffallenderweise verspätet zu haben, was ihm in den vielen, vielen Jahren, die er in Schloß Dorincourt verkehrte, noch nicht ein einziges Mal begegnet war. Er kam erst, als man eben im Begriffe stand, zu Tische zu gehen. Als er den Hausherrn begrüßte, sah ihn dieser mit einigem Staunen an, denn der gemessene, ruhige Mann war sichtlich erregt und das scharfgeschnittene alte Gesicht war blaß.

»Ich bin durch ein unvorhergesehenes Ereignis aufgehalten worden,« erklärte er dem Grafen seine Verspätung in leisem Tone.

Aufgeregt zu sein, lag so wenig in der Art des methodischen alten Geschäftsmannes, wie Zuspätkommen, und doch machte er sich heute dieser beiden Dinge schuldig.

Bei Tische aß er kaum einen Bissen, und mehrmals, wenn er von seiner Nachbarin angeredet wurde, schien er aus tiefem Nachsinnen aufzufahren. Als Fauntleroy beim Nachtische hereinkam, blickte er ihn ein paarmal mit einer gewissen Scheu und offenbar peinlich erregt an, was Cedrik wunderte, denn er und Mr. Havisham standen sonst auf sehr gutem Fuße und pflegten sich mit freundlichem Lächeln zu begrüßen, aber an diesem Abend schien der Advokat kein Lächeln fertig bringen zu können.

Er war überhaupt nicht einen Augenblick im stande, den Gedanken an die peinvollen Mitteilungen, die er heute nacht noch dem Grafen zu machen gezwungen war, in den Hintergrund treten zu lassen, wußte er doch zu genau, welchen Stoß die befremdliche Nachricht, deren Ueberbringer er war, dem Herrn des Hauses versetzen und wie furchtbar dieselbe die gesamte Lage der Dinge verwandeln werde. Wenn er die festlich geschmückten herrlichen Räume und die glänzende Gesellschaft überflog, von welcher er besser als irgend jemand wußte, daß sie nur versammelt worden war, um den kleinen Blondkopf sich an seines Großvaters Knie schmiegen zu sehen – wenn er den alten Mann ansah, mit dem Ausdruck befriedigten Stolzes auf den harten Zügen, und den kleinen Lord Fauntleroy mit dem sonnigen Kinderlächeln, da fühlte er sich tiefer erschüttert, als es sich für solch einen eingetrockneten alten Juristen geziemte.

Auf welche Weise das feierliche, üppige Diner zu Ende ging, hätte er nicht angeben können; er war wie in langem Traume befangen und fühlte nur mehr als einmal den Blick des Grafen fragend auf sich ruhen. Schließlich erhoben sich die Herren, um sich zu den schon nach dem Salon vorangegangenen Damen zu begeben, wo sie Lord Fauntleroy neben Miß Vivian Herbert, der gefeiertsten Schönheit der diesjährigen Londoner Saison, sitzend fanden.

»Du bist so gut gegen mich, ich danke dir schön,« hörte man die helle Kinderstimme sagen.»Ich bin noch nie bei einer Gesellschaft gewesen, und ich habe mich so furchtbar gut unterhalten.«

Er hatte sich so»furchtbar gut«unterhalten, daß, als die jungen Herren sich nun abermals um Miß Herbert scharten und fröhlich geplaudert wurde, ihm allmählich, trotz seines angestrengten Bestrebens, die hin und her fliegenden Witzworte zu verstehen, die Aeuglein zufielen. Zwei- oder dreimal schon waren die Augenlider müde herabgesunken, aber immer hatte Miß Herberts leises sympathisches Lachen ihn veranlaßt, wieder aufzublicken und sie anzusehen. Er war auch ganz entschlossen, um keinen Preis einzuschlafen, aber weil zufällig ein großes gelbes Atlaskissen hinter ihm lag, senkte sich das Köpfchen immer tiefer auf dasselbe, und schließlich fielen die braunen, glückstrahlenden Augen fest zu. Er konnte sie auch nur ein ganz klein wenig aufmachen, als, wie es ihm vorkam, nach langer, langer Zeit ein leichter Kuß seine Wange streifte.

»Gute Nacht, kleiner Lord Fauntleroy,« flüsterte Miß Vivians süße Stimme an seinem Ohr. »Schlaf wohl.«

Am andern Morgen wußte er nicht mehr, daß er mühsam die Augen halb geöffnet und schlaftrunken gemurmelt hatte: »Gute Nacht – ich bin so froh, daß ich dich gesehen habe – du – du bist – – so schön –,« nur ganz dunkel schwebte es ihm vor, daß er die Herren noch einmal hatte lachen hören, ohne zu wissen weshalb.

Kaum hatte der letzte Gast sich empfohlen, als Mr. Havisham seinen Platz am Kamin verließ und zu dem Sofa trat, wo der Knabe schlafend lag. Der kleine Lord Fauntleroy hatte sich höchst wohlig hingestreckt, die übereinandergeschlagenen Beinchen hingen über das Sofa herunter, der eine Arm war leicht um das Köpfchen gelegt, die Fülle der blonden Locken bedeckte das weiche, gelbseidene Kissen, und der rührende Friede eines gesunden, traumlosen, tiefen Kinderschlafes lag auf dem rosig angehauchten Gesicht. Es war des Ansehens wohl wert, das kleine Bild!

Mr. Havisham blickte lange darauf hin und rieb sich öfter als sonst das glatte Kinn mit der schmalen Hand, und der Ausdruck großer Bekümmernis trat immer deutlicher auf seinen Zügen hervor.

»Nun, Havisham,« fragte die rauhe Stimme des Grafen, »um was handelt es sich? Daß etwas vorgefallen sein muß, ist klar, heraus mit der Sprache.«

Mr. Havisham wandte sich langsam und zögernd von dem schlafenden Kinde ab.

»Es sind schlimme Neuigkeiten, Mylord, deren Ueberbringer ich zu meinem größten Leidwesen sein muß, höchst betrübende Dinge.«

Dem Grafen war schon den ganzen Abend unheimlich zu Mute gewesen, so oft er seinen Anwalt angesehen hatte, und dies beängstigende Gefühl machte ihn reizbar und verstimmt.

»Weshalb starren Sie nur immer den Jungen an?« rief er heftig. »Den ganzen Abend haben Sie ihn im Auge behalten, als ob – so hängen Sie doch nicht immer den Kopf über ihn hin wie ein unheilverkündendes böses Omen. Mit Lord Fauntleroy werden doch Ihre Neuigkeiten nichts zu schaffen haben.«

»Mylord, ich will ohne Umschweife zur Sache kommen. Gerade auf Lord Fauntleroy beziehen sich meine Mitteilungen, und wenn dieselben sich als richtig erweisen, so ist der Knabe, der hier schläft, überhaupt nicht Lord Fauntleroy, sondern einfach Cedrik Errol. Und der wirkliche Lord Fauntleroy ist ein Kind Ihres Sohnes Bevis und befindet sich in diesem Augenblick in einem Hotel garni in London.«

Der Graf hatte krampfhaft mit beiden Händen die Armlehnen seines Stuhles umklammert, so daß die Adern dunkelblau darauf hervortraten; auch die Stirnader trat heraus; das Gesicht war totenblaß.

»Was wollen Sie damit sagen?« keuchte er. »Sind Sie wahnsinnig geworden? Das ist eine infame Lüge!«

»Wenn es eine Lüge ist, so sieht sie der Wahrheit zum Verwechseln ähnlich. Heute früh erschien eine Frau auf meinem Bureau. Sie sagt aus, daß Ihr Sohn Bevis sie vor sechs Jahren geheiratet habe – in London; den Trauschein wies sie mir vor. Ein Jahr darauf trennten sie sich im Unfrieden und er unterhielt sie ausreichend, unter der Bedingung, daß sie ihm fernbleibe. Sie hat einen Knaben von fünf Jahren. Die Frau ist Amerikanerin, von niederem Stande, und wußte bis vor kurzem nicht, welche Ansprüche ihr Sohn erheben kann. Von einem Advokaten erfuhr sie dann, daß der Knabe rechtmäßiger Lord Fauntleroy und Erbe der Grafschaft Dorincourt sei, und macht nun natürlich ihre Ansprüche geltend.«

Das Lockenköpfchen auf dem gelbseidenen Kissen rührte sich; ein tieferes Aufatmen, wie ein schwerer Seufzer, drang zwischen den halbgeöffneten frischen Lippen hervor, verriet aber keine Unruhe. Seinen Schlummer störte es nicht, daß man beweisen wollte, daß er ein kleiner Usurpator sei, und durchaus kein Lord Fauntleroy, und nie und nimmer ein Graf und Erbe von Dorincourt werden könne. Er legte einfach sein Gesichtchen auf die andre Seite, wo der alte Mann, der ihn so erschüttert anstarrte, ihn noch besser sehen konnte.

Das Gesicht des Grafen war vollkommen verstört. Ein furchtbar bittres Lächeln verzerrte seine Züge.

»Ich würde trotz alledem und alledem kein Wort von der Geschichte glauben,« sprach er mühsam, »wenn es nicht ein so ganz und gar niederträchtiger Schurkenstreich wäre, der zum Wesen meines Sohnes so vollkommen stimmt. Er ist immer der Schandfleck unsers Namens gewesen; von jeher ein erbärmlicher, lasterhafter, ehrloser Wicht, mit den gemeinsten Instinkten – mein Sohn und Erbe Bevis, Lord Fauntleroy. Die Frau ist eine ungebildete Person?«

»Sie kann kaum ihren Namen schreiben, ist ohne jede Erziehung und ein unverblümt käufliches Geschöpf, In gewissem Sinne ist sie hübsch, aber –«

Der vornehme, alte Jurist hielt inne, offenbar von Widerwillen erfüllt. Dunkelrot und dick angeschwollen traten die Adern auf des Grafen Stirn hervor, und eisige Schweißtropfen waren es, die er mit seinem Tuche wegwischen mußte. Immer bittrer wurde dies fürchterliche Lächeln.

»Und ich,« sagte er, »ich habe die – die andre Frau, die Mutter dieses Kindes, von mir gewiesen. Ich habe mich geweigert, sie anzuerkennen. Und die kann doch ihren Namen schreiben. Das ist vermutlich, was man Vergeltung nennt.«

Plötzlich sprang er auf und schritt im Zimmer auf und ab, wilde, leidenschaftliche Reden ausstoßend. Wie der Sturm um einen alten Eichbaum, so tobten Wut und Enttäuschung in des alten Mannes stolzem Herzen. Es war ein entsetzlicher Anblick, und doch entging Mr. Havisham nicht, daß er auch im wildesten Ausbruch seines Schmerzes der kleinen schlafenden Kindergestalt nicht vergaß und seine zornerstickte Stimme sorgsam dämpfte.

»Ich hätte es ja wissen können, daß sie mir auch übers Grab hinaus Schande anthun würden, die Söhne, die mir im Leben nichts andres bereitet haben. Wie habe ich sie gehaßt und sie mich! Bevis war der Schlimmere von den beiden. Und doch – ich will, ich will es noch nicht glauben – ich will dagegen ankämpfen, solange ich kann. Aber es sieht Bevis ähnlich – es ist meines Sohnes Art.«

Dann tobte er von neuem, und immer hin und her gehend, stellte er eine Menge Fragen in Bezug auf die Frau und ihre Beweismittel, und dunkle Glut überzog nun das vorher aschfarbene Gesicht.

Als er zuletzt alles erfahren hatte, was zu sagen war, und auch das Schlimmste wußte, überkam Mr. Havisham eine große Angst, so verändert, gebrochen und verstört sah der alte Mann aus. Seine Wutanfälle waren jederzeit unheilvoll für seine Gesundheit gewesen, dieser aber war gefährlicher, als alle früheren, weil noch ein andres als Zorn und Wut dabei mitsprach.

Endlich wurde sein Schritt langsamer und dann blieb er vor dem Sofa stehen.

»Wenn einer mir gesagt hätte, daß ich mein Herz an ein Kind hängen könnte,« sagte er, und die harte Stimme war schwach und unsicher, »ich würde ihn für einen Narren gehalten haben. Ich habe Kinder immer verabscheut – meine eignen in erster Linie. Den Jungen habe ich lieb und er hat mich lieb.

Das kann ich von wenig Menschen sagen, aber von ihm. Er hat sich nie vor mir gefürchtet, er hat vom ersten Augenblick an unverbrüchlich an mich geglaubt. Das weiß ich, daß er meine Stellung besser ausgefüllt haben würde, als ich es je gethan habe; er hätte dem Namen Ehre gemacht.« Er beugte sich über das süße, friedlich schlummernde Gesicht. Die dichten Augenbrauen waren finster zusammengezogen, aber trotzdem hätte sein Gesicht in diesem Augenblicke niemand Furcht eingeflößt. Er strich leise das blonde Haar von der reinen, klaren Stirn, dann drückte er rasch auf die Klingel.

»Tragen Sie,« sagte er, auf das Sofa deutend, zu dem eintretenden Diener, »tragen Sie Lord Fauntleroy auf sein Zimmer.«

Seine Stimme habe sonderbar geklungen, dachte der Mann.

Zehntes Kapitel

Amerika in Ängsten

Nachdem Mr. Hobbs von seinem jungen Freunde Abschied genommen hatte und nun von Tag zu Tage mehr zur Erkenntnis kam, daß der Atlantische Ozean zwischen ihm und dem kleinen liebenswürdigen Kameraden lag, fing es in der »gemischten Warenhandlung« an trübselig auszusehen. Mr. Hobbs gehörte weder zu den hervorragenden Intelligenzen, noch zu den gesellschaftlichen Umgangsmenschen und hatte mit seiner schwerfälligen Art nie viele Verbindungen anzuknüpfen verstanden. Er war viel zu phlegmatisch, um sich auf irgend eine Weise an Vergnügungen zu beteiligen, und seine einzige Unterhaltung bestand im Studium der Zeitung, während seine geistige Arbeit sich auf seine nicht gerade korrekte Buchführung beschränkte. Letztere hatte ihre Schwierigkeiten, denn das Addieren langer Zahlenreihen war des würdigen Mannes Stärke eben nicht, und zuweilen dauerte es sehr lange, bis er damit ins reine kam. In der schönen, nun für immer dahingeschwundenen Zeit ihrer Freundschaft hatte der kleine Lord Fauntleroy, der ganz nett auf der Schiefertafel rechnen konnte, hier und da ausgeholfen und das saure Werk gefördert, und dann war er ein so geduldiger aufmerksamer Zuhörer gewesen und hatte sich für alles, was in den Zeitungen stand, aufrichtig »'tressiert,« und wie gläubig hatte er Mr. Hobbs' Ansichten über die Revolution und die Engländer, die Präsidentenwahl und alle Parteifragen entgegengenommen – kein Wunder, daß er in dem Leben des würdigen Krämers eine gähnende Lücke hinterlassen hatte. Anfangs war es dem vereinsamten Freunde vorgekommen, als ob Cedrik gar nicht so weit weg sei und stündlich wiederkehren könnte, als ob es nicht anders sein könnte, als daß er eines Tages, von seiner Schreiberei aufblickend, den kleinen Burschen unter der Ladenthür stehen sehen würde, in dem weißen Anzug mit den roten Strümpfen, den Hut im Nacken sitzend, und mit seinem hellen Stimmchen das bekannte: »Hallo, Mr. Hobbs! Heißer Tag heute – nicht?« rufend. Aber als ein Tag um den andern verging und dieses erfreuliche Ereignis nicht eintrat, da wurde es Mr. Hobbs traurig und unheimlich ums Herz. Nicht einmal an seiner Zeitung fand er den rechten Genuß, und oft und viel legte er das Blatt, nachdem er es durchgelesen, auf den Schoß und blickte lange in Wehmut und trübselige Gedanken versunken auf die hohen gespreizten Beine des Stuhles an seiner Seite, deren Anblick ihn noch weicher und melancholischer stimmte. Trugen diese hohen Stuhlbeine doch tiefe Eindrücke von den kleinen Schuhen des edlen Lord Fauntleroy, künftigen Grafen Dorincourt, dessen blaues Blut ihn merkwürdigerweise nicht abgehalten hatte, im Eifer des Gespräches mit den Beinen zu baumeln und die Absätze kräftig gegen das Stuhlbein zu schlagen. Wenn Mr. Hobbs lange genug auf diese geweihten Fußspuren geblickt hatte, dann zog er wohl die goldne Uhr aus der Westentasche, öffnete sie und las die Inschrift: »Mr. Hobbs von seinem ältesten Freunde, Lord Fauntleroy. Die Uhr, sie spricht, vergiß mich nicht,« worauf er sie mit lautem Knacksen zudrückte, tief aufseufzte und unter die Ladenthür trat, von wo er in geschmackvoller Umrahmung durch Kartoffelsäcke und Aepfelkisten die Straße entlang blickte. Abends, wenn das Geschäft geschlossen war, zündete er dann wohl seine Pfeife an und spazierte wuchtigen, bedächtigen Schrittes bis an das kleine Haus, das Cedrik bewohnt hatte, und das mit seinem weißen Zettel: »Zu vermieten« gar öde und unwohnlich dreinschaute, sah dran hinauf, schüttelte den Kopf, paffte mächtige Rauchwolken aus seiner Pfeife und wandelte gepreßten Herzens wieder nach Hause.

So gingen zwei oder drei Wochen dahin, ehe ein neuer Gedanke in ihm aufdämmerte. Mr. Hobbs' Gedanken hatten stets einen gründlichen, langwierigen Entwickelungsprozeß durchzumachen, und wenn einmal wirklich einer ins Leben getreten war, pflegte er ihn so unbequem zu finden, wie ein Paar neuer Stiefel. Nachdem sich aber sein Gemütszustand in dieser Zeit eher verschlimmert, als gebessert hatte, gedieh ein ganz nagelneuer Plan schließlich zur Reife. Er wollte Dick aufsuchen. Es war gut, daß er den Tabak seinem eignen Geschäft entnehmen konnte, denn er mußte unzählige Pfeifen rauchen, bis er zu diesem festen Entschlüsse gelangte. Er wollte Dick aufsuchen, Cedrik hatte ihm viel von dem Freunde erzählt, und es lebte ein unbestimmtes Gefühl in ihm, daß er vielleicht in Dick einigen Ersatz und einige Erleichterung für sein Mitteilungsbedürfnis finden konnte.

Als Dick eines Tages mit größter Energie die Gehwerkzeuge eines Kunden bearbeitete, ereignete es sich, daß ein untersetzter, stämmiger Mann mit einem runden Kopfe und spärlichen Haaren auf dem Trottoir stehen blieb und unverwandt Dicks Schuhputzerzeichen anstarrte und die Inschrift:

Professor Dick Tipton, Schwarzkünstler

studierte, was endlich Dicks Interesse lebhaft erregte, und ihn, nachdem der erste Kunde einstweilen im Besitze spiegelblanker Stiefel abgezogen war, zu der Frage veranlaßte: »Stiefel wichsen, Sir?«

Mit entschlossener Miene trat der Mann vor und setzte den Fuß auf die kleine Bank.

»Ja,« sagte er bestimmt.

Während Dick sein Kunstwerk mit Eifer begann, sah der breitschulterige Mann bald ihn, bald das Schild aufmerksam an.

»Woher haben Sie das Ding?« fragte er.

»Von einem Freunde von mir,« erwiderte Dick, »von einem Knirps. Hat mir die ganze Einrichtung geschenkt. War der beste kleine Kerl, den's gibt. Ist in England jetzt. Soll so ein – so ein Lord werden da drüben.«

»Lor – Lord?« fragte Mr. Hobbs mit bedeutsamer Langsamkeit. »Lord Fauntleroy, hm? Künftiger Graf Dorincourt?«

Um ein Haar hatte Dick die Bürste fallen lassen.

»Donnerwetter,« rief er, »Sie kennen ihn?«

»Ich habe ihn gekannt,« versicherte Mr. Hobbs, sich die feuchte Stirn trocknend, »seit er überhaupt auf der Welt ist. Jugendfreunde – ja, Jugendfreunde sind wir gewesen.«

Es verursachte ihm wirklich eine gewisse Gemütsbewegung, von seinem Freunde zu sprechen. Er zog die prachtvolle goldne Uhr aus der Tasche, klappte den Deckel auf und wies Dick die Inschrift.

»Das war's, was er mir als Andenken gab vor der Abreise. ›Ich will nicht, daß Sie mich vergessen,‹ so hat er Wort für Wort gesagt. Hätt' ihn auch nicht vergessen, meiner Seel'!« fuhr er kopfschüttelnd fort, »wenn er mir auch kein Andenken gegeben hätte, und wenn ich auch mein Lebtag nichts mehr von ihm zu sehen kriegte. Den vergißt keiner.«

»Der netteste Bursche war er,« stimmte Dick bei, »den die Sonne je gesehen hat. Und Grütze im Kopf. Hab' mein Lebtag nicht so viel Grütze bei so einem Knirps gesehen. Habe große Stücke auf ihn gehalten, das ist wahr, wir sind auch Freunde gewesen, so auf eine Art, das will ich meinen. Seinen Ball habe ich ihm unter einer Kutsche vorgeholt und das, das hat er mir nie nicht vergessen, der kleine Kerl! Und da ist er heruntergekommen zu mir mit seiner Mutter oder seiner Mamsell und dann schrie er: »Hallo, Dick,« als ob er ein sechs Fuß hoher Bengel wäre und gerade der rechte Kamerad für mich, und dabei war der Guck in die Welt nicht so hoch wie mein Kasten und steckte noch im Mädelsrocke. Ein fideles kleines Haus war es, und wenn es einem einmal schief ging, that es einem gut, mit ihm zu diskutieren.«

»So ist's,« bestätigte Mr. Hobbs, »und Sünd' und Schand' ist's, aus dem einen Grafen zu machen. Der hätt's zu was gebracht in der Spezereibranche oder auch im Ellenwarengeschäft – aus dem hätte sich was machen lassen,« und er schüttelte sein massives Haupt mit tiefem, ehrlichem Bedauern.

Es zeigte sich bald, daß die neuen Bekannten so viel miteinander zu besprechen hatten, daß die Sache sich nicht auf der Straße abmachen ließ, und so wurde verabredet, daß Dick am folgenden Abend sich bei Mr. Hobbs im Geschäft einfinden sollte, was dem jungen Manne außerordentlich einleuchtete. Er war ein Kind der Straße von klein auf, aber in ihm lebte von jeher eine gewisse Sehnsucht nach einer ehrbaren, bürgerlichen Existenz. Seit er sein Gewerbe allein betrieb, hatte sich seine Einnahme so ansehnlich gesteigert, daß er sich ein Nachtlager unter Dach und Fach gönnen konnte, und keine Haustreppen mehr als solches zu benutzen gezwungen war, und allmählich gestattete er sich auch den Luxus, Pläne zu schmieden und nach noch Höherem zu streben. Die Einladung zu einem so umfangreichen, ansehnlichen Manne, der einen eignen Laden und sogar Wagen und Pferde zur Beförderung seiner Waren besaß, war ein bedeutender Schritt auf dem Wege zu einer höheren Lebensstellung.

»Ist Ihnen über Grafen und Schlösser vieles bekannt?« erkundigte sich Mr. Hobbs. »Ich möchte gern mehr Einzelheiten über diese Sachen wissen.«

»In der Penny Story Gazette kommt eine Geschichte, wo sich's um vornehme Leute handelt. Sie heißt: ›Das Verbrechen einer Krone‹ oder ›Die Rache der Gräfin May.‹ Kurioses Zeug ist's, aber ganz famos. Ein paar von uns lesen's.«

»Bringen Sie mir das Blatt mit, ich will's bezahlen,« erklärte Mr. Hobbs mit Würde. »Bringen Sie mir alles, wo ein Graf drin vorkommt, und wenn's kein Graf ist, so thut's auch ein Marquis oder ein Herzog, obwohl er allerdings immer nur von einem Grafen gesprochen hat. Ueber Grafenkronen haben wir uns auch unterhalten, gesehen habe ich aber nie welche. Denk' mir, hier herum sind keine zu haben.«

»Wenn's einer hätte, wär's Tiffany,« sagte Dick, »weiß aber nicht, ob ich sie kennen würde, wenn ich eine zu sehen kriegte.«

Mr. Hobbs fand es nicht für nötig, zu gestehen, daß er selbst auch keine Vorstellung von der Beschaffenheit eines solchen Dings habe, sondern schüttelte nur bedächtig den Kopf und bemerkte: »Vermutlich keine Nachfrage nach dem Artikel bei uns,« womit die tiefsinnige Frage ihre Erledigung gefunden hatte.

Damit war der Anfang zu einer Freundschaft gemacht, die für den einen Teil auch ihre materiellen Vorteile hatte, denn Mr. Hobbs nahm seinen neuen Bekannten mit großer Gastfreundschaft auf. Er stellte ihm einen Stuhl nahe an die Thüre in der unmittelbaren Nachbarschaft des großen Apfelfasses, und nachdem der Besucher Platz genommen, sagte er mit einer einladenden Handbewegung: »Versehen Sie sich.«

Er besah sich dann die mitgebrachten Blätter mit dem Grafenroman, sie lasen einen Teil der Geschichte miteinander und besprachen die Verhältnisse der englischen Aristokratie mit großer Sachkenntnis. Mr. Hobbs dampfte sein edles Kraut dabei und schüttelte sehr häufig das rundliche Haupt, am häufigsten, als er dem mitfühlenden Dick die denkwürdigen Scharten an den hohen Stuhlbeinen vorwies.

»Die kommen von seinen Füßchen,« sagte er nachdrücklich. »Ich sitze oft stundenlang da und seh' mir sie an. Ja, ja, in dieser Welt geht's bald auf, bald ab mit uns. Da saß er und knabberte Biskuits aus der Büchse und Aepfel aus dem Faß und warf das Kerngehäus auf die Straße 'naus, und jetzt sitzt er in einem Schlosse und ist ein Lord. Die Scharten da an dem Stuhl haben eines Lords Stiefel geschlagen! Manchmal, wenn ich daran denk', muß ich immer wieder sagen: Da will ich mich doch gleich räuchern lassen.«

Diese Betrachtungen und Dicks Besuch schienen seinem Gemüt eine große Wohlthat zu gewähren. Ehe Dick sich empfahl, ward in dem kleinen Ladenstübchen eine Mahlzeit, bestehend aus Biskuits, Käse, Sardinen und einigen andern Artikeln der Handlung abgehalten und Mr. Hobbs öffnete nicht ohne eine gewisse Feierlichkeit eine halbe Weinflasche und goß die Gläser voll.

»Sein Wohl!« sprach er, »und er soll denen drüben was zu raten aufgeben – den Grafen und Marquisen und wie das Volk heißt.«

Von da an ward der Verkehr fleißig fortgesetzt, und Mr. Hobbs fühlte sich nun weit weniger vereinsamt und verlassen. Sie lasen die Penny Story Gazette und vieles andre miteinander und nahmen sichtlich zu an Verständnis für die vornehme Welt, und zwar in einer Weise, welche für die verhaßten Aristokraten manches Ueberraschende gehabt haben würde. Eines Tages raffte sich Mr. Hobbs sogar zu einem richtigen Bücherkauf auf und setzte den in der Buchhandlung thätigen jungen Mann durch seine Frage nach einem Buche über Grafen in einiges Erstaunen. Nachdem lang über ein derartiges litterarisches Erzeugnis hin und her geredet worden war und verschiedene Mißverständnisse sich aufgehellt hatten, trat Mr. Hobbs im Besitz von »Der Tower von London von Mr. Harrison Ainsworth« hochbefriedigt den Rückweg an. Sobald Dick erschien, machten sie sich über die neue Erwerbung her, und es zeigte sich, daß es ein höchst wunderbares und spannendes Buch war, welches in der Zeit der sogenannten »Blutigen Maria« spielte. Als sie nach und nach daraus ersahen, wie sehr es zu den Liebhabereien dieser englischen Königin gehört hatte, den Leuten die Köpfe abzuhacken und sie lebendig zu verbrennen, geriet Mr. Hobbs in große Unruhe.

Freilich hatten seine Zeitungen, soviel er sich erinnern konnte, aus unsrer Zeit derartige Dinge nicht gemeldet, aber was ließ sich nicht erwarten von einem Land, das einmal eine solche Königin hervorgebracht hatte, und das auch jetzt wieder unter der Oberhoheit eines weiblichen Wesens stand, was Mr. Hobbs in seiner Eigenschaft als überzeugter Junggeselle ohnehin nicht billigen konnte? Was ließ sich erwarten von einem Volk, das, wie Mr. Hobbs »hatte sagen hören«, nicht einmal den vierten Juli feierte!

Mehrere Tage trug Mr. Hobbs bange Sorge im Herzen, und erst als Fauntleroys Brief eintraf, wurde ihm etwas leichter zu Mut. Er las ihn mehrmals, für sich allein und mit Dick, und auch den Brief, welchen Dick um dieselbe Zeit erhielt, studierte er gründlich. Beide waren sehr glücklich im Besitz dieser Schriftstücke, deren Inhalt und Wortlaut sie eingehend miteinander besprachen. Die Antworten nahmen Tage in Anspruch und wurden fast ebenso oft überlesen und überlegt, wie die kürzlich empfangenen Briefe.

Für Dick war es ohnehin kein leichtes Stück Arbeit, einen Brief zu schreiben. Was er von den Geheimnissen der Lese- und Schreibekunst sein eigen nannte, hatte er in ein paar Monaten, in denen er eine Abendschule besuchen konnte, erworben – es war zu der Zeit gewesen, als er mit seinem älteren Bruder zusammenlebte. Er war ein aufgeweckter Bursche und hatte diese einzige Gelegenheit, sich zu bilden, wohl zu benutzen gewußt und sich von da an durch anfangs äußerst mühsames Zeitungslesen weitergeholfen: das Schreiben aber konnte nur durch gelegentliche Versuche mit einem Kreidestücke auf Mauern oder Trottoir fortgesetzt werden. Er erzählte Mr. Hobbs vieles von seinem Leben und dem älteren Bruder, der nach Kräften gut gegen ihn gewesen war, nachdem er als kleiner Kerl schon Vater und Mutter verloren hatte. Der Bruder hieß Ben und hatte sich des Kleinen angenommen, soviel er eben konnte, bis Dick alt genug war, um Zeitungen in der Straße feilzuhalten. Sie hatten sich nie getrennt, und Ben hatte sich ganz ordentlich durchgearbeitet und schließlich einen anständigen Posten in einem Laden errungen.

»Und dann,« rief Dick, noch in der Erinnerung empört, »muß ihn der Teufel reiten, daß er heiratet. Einfach verrückt wird er über ein Mädel und mir nichts dir nichts wird geheiratet! Und eine nette Sorte war's, der aufgelegte Feuerteufel. Wenn die in Wut kam, schlug sie einfach alles zusammen, und wütend war sie schier den ganzen Tag. Ihr Kind – gerade so! Der Balg plärrte Tag und Nacht. Und wenn ich ihn nicht 'rumschleppen wollte und das Ding quiekste – brr! da flog mir's an den Kopf. Einmal war's ein Teller, der traf aber nicht mich, sondern den Jungen und hat ihms Kinn zerschnitten, daß es zum Erbarmen war. ›Die Narbe behält er sein lebenlang‹ hat der Doktor gesagt. Ne kuriose Mutter war die! Zum Henker! Haben wir ein Höllenleben gehabt alle drei, Ben und ich und das Wurm. Ueber Ben ging's den ganzen Tag los, weil er nicht mehr zusammenbrachte: schließlich wollt' er's mit was anderm im Westen probieren, mit Viehhandel. Kaum ist er eine Woche fort und ich komm' abends heim vom Zeitungsverkaufen – wupp, sind die Stuben leer, die Frau im Hause aber sagt mir, Dame Minna sei mir nichts dir nichts auf und davon – hast du nicht gesehen! Irgendwer hat behauptet, sie sei übers Wasser, um bei einer Dame Kindsfrau zu werden – nett für die! Fort und verschwunden war sie und weder Ben noch ich hörten mehr was von ihr. Ich an seiner Stell' war froh gewesen, die los zu sein, aber er war's nicht; du lieber Himmel, war der verliebt bis über die Ohren, wenigstens im Anfang. Na, sauber war sie, wenn sie aufgeputzt war und gerad' nicht in Wut. Ein Paar pechschwarze Augen im Kopfe und schwarzes Haar bis zu den Knieen, das hat sie zu einem Strick gedreht, dick wie mein Arm, sag' ich Ihnen, und um den Kopf 'rum gelegt, weiß nicht, wie oft, Herr, und die Augen, wen sie so damit anblitzen wollte! Es hieß, sie sei halb italienisch – ihre Eltern kamen von dort, drum sei sie so schief gewickelt. Das war eine Person – na so was!«

Ben schrieb seinem Bruder hie und da aus dem Westen. Lang war es ihm schlecht genug ergangen, und er hatte viel umherwandern müssen, schließlich aber hatte er sich in Kalifornien auf einer Farm, wo die Viehzucht im großen betrieben wurde, festgesetzt und hatte um die Zeit, als Dicks Beziehungen zu Mr. Hobbs angeknüpft wurden, seinen regelmäßigen Verdienst.

»Das Weib, das hat ihn um seine fünf Sinne gebracht,« sagte Dick.
»Mir hat der arme Teufel oft leid gethan.«

Sie saßen eben miteinander unter der Ladenthüre, und Mr. Hobbs stopfte seine Pfeife.

»Er hätte nicht heiraten sollen,« sprach er orakelhaft, während er aufstand, um sich ein Zündhölzchen zu holen.»Weiber – ich für mein Teil hab' nie begreifen können, zu was die gut sein sollen.«

Während er das Zündhölzchen bedächtig aus der Schachtel nahm, warf er einen Blick auf sein Pult.

»Zum Kuckuck!« rief er,»da liegt ja ein Brief! Hab' den vorhin gar nicht gesehen. Der Briefträger hat ihn wohl nur so hingelegt, oder hat die Zeitung drüber gelegt?«

Er nahm ihn auf und studierte die Adresse.

»Der ist ja von ihm!« lautete seine Ansicht.»Von ihm und von keinem andern!«

Die Pfeife war vergessen; ganz aufgeregt setzte er sich wieder, zog sein Taschenmesser heraus und schnitt mit liebevoller Vorsicht das Couvert auf.

»Will nur sehen, was er diesmal Neues weiß,« bemerkte er.

Dann entfaltete er das Blatt und las seinem neuen Freunde folgendes vor:

Schloß Dorincourt.

»Mein lieber Mr. Hobbs. ich schreibe das in großer Eile weil ich ihnen etwas wunderliches zu sagen habe worüber sie sich ser erstaunen würden mein lieber Freund wenn sie es hören, es ist alles ein irtum und ich bin kein Lord und ich mus nie ein Graf werden weil eine Dame da ist die war mit meinem Onkel Bevis ferheirathet der jetz tod ist und sie hat einen kleinen son und der ist Lord Fauntleroy denn so ist es in England das der kleine son von dem eltesten son des Grafen Graf wird wenn alle andern tod sind ich meine wenn sein fater und Großvater tod sind, mein Großvater ist nicht tod aber mein Onkel Bevis und deshalb ist sein son Lord Fauntleroy weil mein fater der jüngste son gewesen ist und meine nahme ist Cedrik Errol ganz wie früher in New York und alles gehört dem andern Knaben, im Anfang habe ich gedagt, ich müsse im auch meinen Pony und meinen wahgen geben aber mein Großvater hat gesagt das müsse ich nicht und meinem Großvater tut es ser leid und ich glaube er hat die Dame gar nicht ser gerne aber filleicht denkt er das herzlieb und ich traurig sein weil ich kein Graf werde ich würde jetz fiel lieber ein Graf werden als im anfang weil dis ein schönes schlos ist und ich alle leute lieb habe und wenn man reich ist kann man so fieles tun. und bin jetz nicht reich weil mein Papa nur der jüngste son ist und der jüngste son ist nie ser reich ich wil deshalb arbeiten lernen damit ich für herzlieb sorgen kann ich habe mit Wilkins gesprochen filleicht kan ich reitknecht werden oder kutscher weil ich die ferde ser lieb habe.

Die Dame hat iren kleinen son in das schlos gebracht und mein Großvater und Mr. Havisham haben mit ir gesprochen ich glaube sie ist ser böse geworden und hat ser laut gesprochen und mein Großvater ist auch ser böse geworden und forher habe ich in nie böse gesehn ich habe gedagt ich will es inen und Dick nur schnel erzälen weil es sie ser tressiren wird. Herzlich grüst

ir alter Freund

Cedrik Errol (nicht Lord Fauntleroy).«

Mr. Hobbs sank in seinen Stuhl zurück, der Brief zitterte in seiner Hand, Federmesser und Couvert glitten an die Erde.

»Da bin ich doch gleich geräuchert worden,« stieß er hervor.

So groß war sein Schreck, daß sein Lieblingsausspruch eine andre Form annahm. Vielleicht war er auch geräuchert in dieser Stunde, kein Mensch kann so etwas wissen.

»Na,« sagte Dick, »da wäre also die ganze Herrlichkeit futsch – nicht?«

»Futsch!« wiederholte Mr. Hobbs mit Grabesstimme. »Und eine abgekartete Geschichte ist's von dem britischen 'ristokratenvolk, den Jungen auszuräubern, weil er ein Amerikaner – das ist meine Meinung. Die Kerls haben einen Haß gegen uns von der Revolution her, und an ihm lassen sie's aus. Hab' ich's Ihnen nicht gesagt, als wir von der Wirtschaft von den Königinnen da drüben lasen? – Der Junge ist da nicht sicher – na, da haben's wir ja. Vermutlich steckt die ganze Regierung dahinter, und 's ist eine Verschwörung, um dem Jungen sein Recht zu nehmen.«

Die Aufregung war groß. Anfangs hatten ihm die veränderten Lebensumstände seines jungen Freundes keineswegs eingeleuchtet, neuerdings hatte er sich mehr mit dem Gedanken befreundet, und nach Empfang von Cedriks Brief hatte sich sogar eine geheime Genugthuung über dessen Standeserhöhung fühlbar gemacht. Ueber Grafen konnte man ja denken, wie man wollte, aber daß der Reichtum seine Vorzüge hat, wird sogar in Amerika anerkannt, und wenn so großer Besitz zu dem Titel gehörte, so war es doch schwer, denselben wieder abzutreten.

»Plündern wollen sie ihn ganz einfach!« rief er, »und wer das Geld hätte, müßte ohne weiteres nach ihm sehen und ihm zu Hilfe kommen.«

Bis tief in die Nacht hinein zog sich diesmal Dicks Besuch hin, und schließlich gab ihm Mr. Hobbs noch das Geleit bis an die Ecke der Straße, wo er dann eine Weile stehen blieb und auf das wehmütige, immer noch vorhandene Plakat: »Zu vermieten« hinstarrte, bis er endlich in tiefer Bekümmernis seine Pfeife zu Ende rauchte.

Elftes Kapitel

Die Nebenbuhler

Wenige Tage nach dem großen Diner auf Schloß Dorincourt war jedem Zeitungsleser in England die romanhafte Geschichte, welche sich in der Familie des Grafen zutrug, in allen Einzelheiten bekannt. Es war ein höchst brauchbarer Stoff für die Presse. Der kleine Amerikaner, der urplötzlich nach England gebracht worden war, um keinen geringeren Namen als den eines Lord Fauntleroy zu tragen, und der durch seine Schönheit alle Herren gewann, der alte bärbeißige Graf, der so stolz war auf diesen Erben, die schöne Mutter, der nie vergeben worden, daß Kapitän Errol sie geliebt und zu seiner Frau gemacht hatte einerseits, und dann die seltsame Heirat des verstorbenen Lord Fauntleroy und die seltsame Frau, von der niemand etwas wußte und die plötzlich auf dem Schauplatz erschienen war, um die Rechte eines Lord Fauntleroy für ihren Sohn in Anspruch zu nehmen andrerseits, daraus ließen sich die packendsten Feuilletons und sogar Leitartikel mit Leichtigkeit gestalten. Dann tauchte das Gerücht auf, daß der Graf von Dorincourt mit dieser Wendung der Dinge keineswegs einverstanden und fest entschlossen sei, die Ansprüche jener Frau mit Hilfe des Gesetzes zu vernichten, so daß ein großer Sensationsprozeß zu erwarten stehe.

In der Grafschaft selbst hatte man noch nie eine derartige Aufregung erlebt. An Markttagen standen die Leute stundenlang bei einander und berechneten alle Wahrscheinlichkeiten und Möglichkeiten des unerhörten Falls; die Pächtersfrauen luden einander auffällig häufig zum Thee ein und tauschten aus, was jede gehört hatte, und teilten einander ihre eignen Ansichten und die von andern Leuten mit. Ueber den Zorn des Grafen waren haarsträubende Geschichten im Umlaufe, und daß er um keinen Preis den neuen Erben anerkennen werde, wußte jedermann, so gut wie, daß er die Mutter desselben tödlich haßte. Am genauesten unterrichtet war natürlich wieder einmal Mrs. Dibble, und die Frequenz ihres Geschäfts steigerte sich in diesen erregten Tagen abermals bedeutend.

»Schief wird's gehen,« meinte sie, »und wenn Sie mich fragen, so sag' ich, 's ist die Strafe dafür, daß er die herzgute junge Kreatur so schlecht behandelt hat und ihr das Kind genommen − in den ist er jetzt ganz vernarrt und hat sein hoffärtiges Herz an ihn gehängt, und deshalb bringt ihn die Geschichte schier um. Und was ihm auch hart eingeht, aber ganz recht geschieht, die Neue da, sie ist keine feine Dame, wie des kleinen Lords Mama. Ein freches, schwarzäugiges Ding ist's, und Mr. Thomas sagt, was ein feiner Diener ist, wird sich von so einer nie nichts sagen lassen, und an dem Tage, wo die Madame ins Haus kommt, packt er seine Siebensachen. Ach du lieber Gott, und der Jung – so verschieden vom kleinen Lord, wie Tag und Nacht. Was aus der Sache noch kommen wird, das weiß kein Mensch: Gott steh' uns bei – keinen Blutstropfen hätt' ich von mir gegeben, wenn Sie mich mit Nadeln gestochen hätten, so kreideweiß bin ich vor Schreck gewesen, wie die Jane mir's erzählt hat.«

Auch im Schloß selbst trat keine Ruhe ein. In der Bibliothek saßen der Graf und Mr. Havisham in endlosen, aufgeregten Beratungen bei einander; im Dienerschaftssaal waren Mr. Thomas und der Haushofmeister zu allen Tageszeiten in ernstem Gespräche zu treffen, dem die andern andächtig lauschten, und im Stalle waltete Wilkins in sehr gedrückter Stimmung seines Amtes, bürstete den braunen Pony noch viel sorgfältiger als je und versicherte dem Kutscher immer wieder, daß er nie einen jungen Herrn reiten gelehrt habe, dem die edle Kunst so »natürlich« gewesen sei, und daß dies ausnahmsweise einer sei, bei dem sich's lohne, hinterdrein zu reiten.

Inmitten all der Bekümmernis und Not blieb nur ein Herz ruhig und unberührt von Sorge, und das war das kleine Herz Lord Fauntleroys, der nun bald kein Lord mehr sein sollte. Als man ihm die Lage der Dinge erstmals auseinandergesetzt hatte, war er sehr bestürzt und bekümmert gewesen, es zeigte sich jedoch bald, daß diesem Gefühle kein gekränkter Ehrgeiz zu Grunde lag.

Auf einem Stuhle sitzend, die Händchen um die Knie geschlungen, wie es seine Gewohnheit war, hörte er dem Grafen zu, als dieser ihm von dem unliebsamen Ereignis mitteilte, soviel er für nötig hielt, wobei Cedrik allmählich immer ernsthafter dreinschaute.

»Mir – mir ist ganz wunderlich zu Mut,« sagte er, als der Graf zu Ende war.

Schweigend blickte der alte Mann auf das Kind. Ihm war auch wunderlich zu Mut, so wunderlich, wie nie zuvor im Leben, um so mehr, als er nun das sonst so sonnige, glückliche Kindergesicht ängstlich und erschrocken vor sich sah.

»Werden sie Herzlieb ihr Haus nehmen und – und ihren Wagen?«
fragte Cedrik mit etwas unsichrem Stimmchen.
»Nein!« rief der Graf sehr bestimmt und merkwürdig laut. »Ihr können
sie nichts nehmen.«
»Ach!« sagte Cedrik sichtlich erleichtert. »Das können sie nicht?«
Dann sah er den Großvater fest an, und es lag ein tiefer Schatten in den
braunen Augen.
»Wird dann,« begann er stockend, »wird dann der andre – wird der
dann dein Junge sein, so wie ich?«
»Nein!« ertönte es mit so mächtiger Stimme, daß Cedrik
zusammenschreckte.
»Nein?« wiederholte er fragend. »Ich – ich hab' gedacht, daß –«
Plötzlich stand er auf.
»Kann ich dein Junge bleiben, auch wenn ich kein Graf werde? Willst
du's, daß ich dein Junge bleibe?« Jeder Zug des kleinen Gesichts
drückte die höchste Spannung aus.
Wie der alte Graf ihn ansah, von Kopf bis zu Fuß! Wie sich die
buschigen Augenbrauen zusammenzogen und wie die feurigen Augen
so wunderlich drunter hervorleuchteten!
»Mein Junge!« sprach er, und seine Stimme klang seltsam gebrochen,
rauh und heiser, und trotzdem er noch bestimmter und gebieterischer
sprach als vorher, wollte sie nicht so ganz fest bleiben – »Ja, mein
Junge bleibst du, solange ich lebe, und, bei Gott, mir ist's oft, als wärst
du der einzige Junge, den ich je gehabt habe.«
Bis unter die Haarwurzeln war Cedrik von Glut übergössen – nichts als
Freude und Herzenserleichterung. Mit sehr entschlossener Miene
vergrub er die Händchen in den Tiefen seiner Taschen und sah seinem
Großvater ehrlich ins Gesicht.
»Nun, dann, weißt du,« erklärte er, »dann mache ich mir gar nichts
daraus, daß ich kein Graf werde – darauf kommt mir's gewiß nicht an.
Ich habe nur gedacht – siehst du – ich habe gedacht, daß der, welcher
Graf wird, auch dein Junge sein müsse und ich's also nicht mehr sein
könne. Deshalb ist mir so – so wunderlich zu Mut gewesen.«
Der Graf legte die Hand auf seine Schulter und zog ihn zu sich heran.
»Nichts, gar nichts sollen sie dir nehmen von dem, was ich für dich
behaupten kann,« sagte er, mühsam atmend. »Und ich will es nicht
glauben, daß sie dir überhaupt etwas nehmen können. Du bist für die
Stellung geschaffen – und du sollst sie ausfüllen trotz alledem. Wie es

aber auch kommen mag – das, worüber ich frei verfügen kann, sollst
du haben – alles!«

Es war nicht mehr, als ob er zu dem Knaben spräche, es war, als ob er
sich selbst gegenüber ein Gelübde ablege.

Wie tief seine Liebe zu dem Enkel und sein Stolz auf ihn bereits
Wurzeln geschlagen hatten, davon hatte er vorher eigentlich doch
selbst keine Ahnung gehabt, und nie waren ihm die Schönheit und die
Frische des Kindes und all' seine glücklichen Gaben so leuchtend vor
Augen getreten. Dieser eigenwilligen Natur erschien es als ein Ding
der Unmöglichkeit, aufgeben zu sollen, woran er sein Herz gehängt
hatte, und er war entschlossen, es sich wenigstens nicht leichten Kaufes
entreißen zu lassen.

Wenige Tage, nachdem sie Mr. Havisham aufgesucht hatte, fand sich
die Frau, welche die Rechte einer Lady Fauntleroy für sich in Anspruch
nahm, im Schlosse ein und zwar in Begleitung ihres Kindes. Sie wurde
nicht angenommen. Mylord habe die Sache vollständig seinem Anwalt
übertragen und wünsche nicht, in persönlichen Verkehr mit ihr zu
treten, lautete der Bescheid, den Mr. Thomas mit Hoheit und Würde
erteilte. Den Eindruck, den die Unbekannte auf ihn gemacht, gab er im
Dienerschaftssaal rückhaltlos zum besten. Er hoffe, lange genug Livree
in vornehmen Häusern getragen zu haben, sagte er, um zu wissen, was
eine Dame sei und was nicht, und wenn dies eine Dame sei, so könne
er Katze und Maus nicht unterscheiden.

»Die draußen in Court Lodge,« setzte er selbstbewußt hinzu,
»Amerikanerin hin oder her, die ist eine vom rechten Schlag – das sieht
jeder Gebildete auf den ersten Blick. Ich hab's zu Henry gesagt, als wir
den ersten Besuch dort machten.«

Die Frau war fortgefahren – das hübsche, gewöhnliche Gesicht halb
zornig, halb furchtsam. Im Verlaufe der verschiedenen Unterredungen,
die er mit ihr haben mußte, war Mr. Havisham zu der Ansicht gelangt,
daß sie, wohl leidenschaftlich und frech, jedoch lange nicht so klug und
ausdauernd und mutig war, als sie glaubte. Es gab Augenblicke, in
denen die Lage, in die sie sich gebracht hatte, ihr über den Kopf zu
wachsen schien, und offenbar hatte sie sich keine Vorstellung davon
gemacht, auf welch ernsten Widerstand ihre Ansprüche stoßen würden.

»Sie ist entschieden aus den niedersten Regionen des Lebens,«
bemerkte der Anwalt gegen Mrs. Errol. »Ohne alle Erziehung weder
durch die Schule noch durch das Leben, ist sie durchaus nicht gewöhnt,

mit Leuten wie wir auf gleichem Fuße zu verkehren, und weiß sich dabei in keiner Weise zu benehmen. Der vergebliche Besuch im Schlosse hat sie vollkommen eingeschüchtert – an Toben und Wüten darüber hat sie es natürlich nicht fehlen lassen, aber eingeschüchtert war sie doch. Der Graf wollte sie nicht empfangen, hat mich aber dann auf meinen Wunsch in die »Dorincourt Arms« – Sie kennen ja den kleinen Gasthof – begleitet, wo sie wohnt. Als sie ihn eintreten sah, wurde sie leichenblaß, einen Augenblick später war sie freilich wieder im besten Zug, in einem Atem zu drohen und zu fordern.«

Allerdings war der Graf damals in seiner allerabweisendsten, vornehmsten Haltung, wie ein alter Riese aus Königsgeschlecht bei ihr eingetreten und hatte unter den weißen Augenbrauen hervor die Person fixiert, ohne sie eines Wortes zu würdigen, wie man sich etwa eine seltsame, aber widerliche Naturerscheinung besieht. Ohne eine Silbe zu äußern, hatte er sie all' ihre Redensarten hervorsprudeln lassen und dann erwidert: »Sie behaupten, die Frau meines ältesten Sohnes zu sein. Wenn Sie dafür vollgültige Beweise vorlegen können, so haben Sie das Recht auf Ihrer Seite. In dem Falle ist Ihr Knabe Lord Fauntleroy. Daß die Sache gründlich geprüft werden wird, dessen dürfen Sie sich versichert halten, und wenn Ihre Ansprüche als berechtigt anerkannt werden müssen, so soll für Sie gesorgt werden. Sehen will ich weder Sie noch den Knaben, solange ich lebe – nach meinem Tode wird das Besitztum unglücklicherweise ihm anheimfallen.«

Damit drehte er ihr den Rücken und schritt stolz und gelassen hinaus, wie er hereingetreten war.

Wenige Tage darauf wurde Mrs. Errol, die in ihrem kleinen Boudoir mit Schreiben beschäftigt war, ein Besuch gemeldet. Das Mädchen, welches die Anmeldung zu bestellen hatte, schien sehr aufgeregt zu sein, und die vor Verwunderung ganz runden Augen des jungen Dinges sahen mit ängstlicher Teilnahme auf ihre Herrin.

»Der Graf selbst ist's, gnädige Frau,« sagte sie zum Tode erschrocken.

Als Mrs. Errol ihr Wohnzimmer betrat, stand ein ungewöhnlich großer, imposanter alter Mann vor dem Kamine auf dem Tigerfell. Das scharfe, kühne Profil, der lange weiße Schnurrbart und ein Ausdruck von Eigenwillen fielen ihr zuerst in die Augen.

»Mrs. Errol, soviel ich weiß?« sagte er.

»Mrs. Errol,« bestätigte sie.

»Ich bin Graf Dorincourt.«

Er hielt einen Augenblick inne – unwillkürlich mußte er ihr in die Augen sehen. Diese Augen glichen so ganz und gar denen, die er täglich mit ihrem kindlich liebeerfüllten Blick auf sich gerichtet sah, daß es eine merkwürdige Empfindung in ihm hervorrief.

»Der Junge sieht Ihnen sehr ähnlich,« sagte er plötzlich.

»Das hat man mir häufig gesagt, Mylord,« erwiderte sie, »aber es macht mir größere Freude, wenn man ihn seinem Vater ähnlich findet.«

Lady Lorridaile hatte recht gehabt, ihre Stimme klang wirklich besonders süß und lieblich, und ihr Benehmen war höchst natürlich und würdig, auch schien sein unerwartetes Erscheinen sie keineswegs aus der Fassung zu bringen.

»Jawohl,« versetzte der Graf, »er sieht auch – meinem Sohne ähnlich.« Er zerrte heftig an den Enden des weißen Bartes. »Wissen Sie, weshalb ich hierher gekommen bin?«

»Mr. Havisham ist bei mir gewesen und hat mir gesagt, daß Ansprüche geltend gemacht werden –«

»Und ich komme, Ihnen zu sagen, daß diese Ansprüche genau untersucht und bestritten werden sollen, falls sich dazu irgend eine Möglichkeit bietet. Ich bin gekommen, Ihnen zu sagen, daß der Junge mit allen Hilfsmitteln des Gesetzes verteidigt werden soll. Seine Rechte –«

»Er soll nichts besitzen, was nicht wirklich und wahrhaftig sein Recht ist,« unterbrach ihn die sanfte Stimme, »selbst wenn irgend ein Gesetz ihm dazu verhelfen könnte.«

»Das kann das Gesetz leider nicht,« sagte der Graf, »sonst würde es geschehen. Dieses erbärmliche Geschöpf und ihr Kind –«

»Vielleicht hat sie ihren Knaben ebenso lieb, wie ich meinen Ceddie, Mylord,« sagte die kleine Mrs. Errol, »und wenn sie die Frau Ihres ältesten Sohnes gewesen ist, so ist jener Lord Fauntleroy, und mein Kind nicht.«

Sie hatte so wenig Angst vor ihm wie Cedrik, sie sah ihn gerade so unerschrocken an, wie jener, und das that dem Manne wohl, der sein lebenlang ein Tyrann gewesen war. Es war ihm so selten begegnet, daß jemand gewagt hatte, ihm gegenüber andrer Meinung zu sein, daß es den Reiz der Neuheit für ihn hatte.

»Ihnen wäre es wohl bedeutend lieber, wenn er nicht Graf Dorincourt zu werden hätte?« fragte er etwas gereizt.

Ein leichtes Rot flog über das liebliche Gesicht.

»Graf Dorincourt zu sein, ist ein hohes, glänzendes Los, Mylord, das weiß ich wohl, allein am meisten liegt mir daran, daß er werden soll, wie sein Vater war – gut und gerecht und allezeit wahr und treu.«

»In schneidendem Gegensatz zu dem, was sein Großvater war.«

»Ich habe bis jetzt nicht das Glück gehabt, seinen Großvater zu kennen,« erwiderte Mrs. Errol, »aber ich weiß, daß mein Kind glaubt – « sie hielt inne, sah den Grafen ruhig an und setzte dann hinzu: »Ich weiß, daß Cedrik Sie lieb hat!«

»Würde er das wohl auch gethan haben,« bemerkte der Graf trocken, »wenn Sie ihm gesagt hätten, weshalb ich Sie nicht im Schlosse empfange?«

»Nein,« erwiderte Mrs. Errol bestimmt, »ich glaube kaum, deshalb wollte ich ja nicht, daß er es erfahren sollte.«

»Nun,« sagte der Graf rauh, »viele Frauen gibt es nicht, die in dem Falle geschwiegen hätten.«

Er begann auf einmal, hastig im Zimmer auf und ab zu gehen, wobei der Bart grausamer als je mißhandelt wurde.

»Ja, er hat mich lieb,« sagte er, »und ich habe ihn lieb. Ich kann nicht sagen, daß mir das oft mit Menschen passiert ist. Ich hab' ihn lieb. Im ersten Augenblick hat er mir gefallen. Ich bin alt und war des Lebens überdrüssig – seit ich ihn habe, weiß ich, wofür ich lebe. Ich bin stolz auf ihn; es hat mir wohl gethan, zu denken, daß er einst das Haupt unsres Hauses sein werde.«

Er blieb vor Mrs. Errol stehen.

»Ich bin unglücklich und elend – – elend!«

Man sah es ihm an. Nicht einmal sein Stolz war im stande, Stimme und Hände vor dem Zittern zu bewahren, und einen Augenblick war es, als ob Thränen in den tiefliegenden Augen ständen. »Vielleicht bin ich deshalb zu Ihnen gekommen, weil ich so elend bin,« fuhr er fort, sie förmlich mit den Augen verschlingend. »Ich habe Sie gehaßt; ich bin eifersüchtig gewesen auf Sie. Diese niederträchtige, jammervolle Geschichte hat alles anders gemacht. Nachdem ich die ekelerregende Person, die sich die Frau meines Bevis nennt, gesehen hatte, war mir's, als müßte es eine Wohlthat für mich sein, Sie zu sehen. Ich bin ein eigensinniger alter Narr gewesen, und ich glaube wohl, daß ich Ihnen übel mitgespielt habe. Sie sind wie der Junge – und der Junge ist das einzige, was ich auf der Welt habe.

Ich bin elend, und nur weil Sie ebenso sind wie der Junge, und weil er Sie lieb hat, und ich ihn lieb habe, bin ich zu Ihnen gekommen. Um des Jungen willen, seien Sie nicht hart gegen mich!«

Er sagte das alles in seinem rauhen, herben Tone, schien aber so ganz und gar gebrochen und tief gedrückt, daß Mrs. Errols Herz von Sympathie und Mitleid überströmte. Sie rückte einen Lehnstuhl heran.

»Wenn Sie sich nur setzen wollten,« sagte sie in ihrer einfachen, herzgewinnenden Weise. »Der Kummer hat Sie müde gemacht und Sie brauchen jetzt all Ihre Kraft.«

Daß man so einfach und liebevoll mit ihm sprach und für ihn sorgte, war ihm ebenso neu, wie der erfahrene Widerspruch, auch dies erinnerte ihn an »seinen Jungen«, und er that, wie ihm geheißen. Vielleicht war diese Verzweiflung und diese bittere, abermalige Enttäuschung recht heilsam für ihn. Wenn dies Elend nicht über ihn hereingebrochen wäre, hätte er die kleine Frau noch immer mit Haß und Abneigung betrachtet, während er jetzt in ihrer Nähe Trost fand. Freilich war es nicht allzu schwierig, ihm zu gefallen, nachdem er »die andre« gesehen, aber dies Gesichtchen und diese Stimme waren doch besonders wohlthuend und in ihren Bewegungen und ihrer Sprache lag ein sanfter eigenartiger Reiz, unter dessen unwiderstehlichem Zauber er sich bald weniger gedrückt fühlte und mitteilsam wurde.

»Was auch daraus werden mag,« sagte er, »für den Jungen soll gesorgt sein, jetzt und für die Zukunft.«

Als er sich zum Gehen anschickte, sah er sich im Zimmer um.

»Gefällt Ihnen das Haus?« fragte er.

»O gewiß, außerordentlich,« lautete die aufrichtige Antwort. »Ein gemütliches, heiteres Zimmer,« bemerkte er. »Darf ich wiederkommen und die Sache mit Ihnen durchsprechen?«

»So oft Sie wollen, Mylord!«

Darauf stieg er in seinen Wagen und fuhr davon, Thomas und Henry aber waren vor Erstaunen über diese neue Wendung der Dinge in der That sprachlos.

Zwölftes Kapitel

Der Retter in der Not

Selbstverständlich drang die Geschichte von Lord Fauntleroy und der schwierigen Lage Graf Dorincourts aus den englischen Zeitungen auch in die amerikanischen, sie war viel zu interessant, als daß man sie sich hätte entgehen lassen können, und dort wie hier bildete sie bald das Tagesgespräch. Der Lesarten waren allmählich so viele geworden, daß eine gewissenhafte Zusammenstellung derselben zum Kapitel der Mythenbildung einen nicht zu unterschätzenden Beitrag geliefert hätte. Mr. Hobbs las so viel darüber, daß er zuletzt vollständig verwirrt und nahezu geistesgestört wurde. Die eine Zeitung schilderte seinen jungen Freund als ein hübsches Baby im Tragkleidchen, die andere als einen hoffnungsvollen Schüler der Universität Oxford, welcher dort die größten Auszeichnungen davontrug und namentlich ganz hervorragende Gedichte in griechischer Sprache verfaßte. Ein Blatt berichtete, daß er mit einer jungen Dame von auffallender Schönheit, der Tochter eines Herzogs, verlobt sei, ein andres, daß er sich vor kurzem verheiratet habe, und das einzige, was nirgends erzählt wurde, war, daß er ein kleiner Junge zwischen sieben und acht Jahren mit strammen, flinken Beinen und lockigem Haar war! Die eine Auffassung ging dahin, daß er überhaupt kein Verwandter, sondern ein kleiner Usurpator sei, der in New York Zeitungen verkauft und auf der Straße geschlafen habe, bis es seiner Mutter gelungen sei, den Anwalt des Grafen vollständig zu täuschen und für sich zu gewinnen. Dann kamen die Beschreibungen des neuerdings aufgetauchten Lord Fauntleroy und seiner Mutter. Einmal war sie eine Zigeunerin, das andre Mal eine Schauspielerin, das dritte Mal eine schöne Spanierin. Nur in dem einen stimmten alle Nachrichten überein, daß der Graf ihr Todfeind sei und alles daran setzen werde, die Ansprüche ihres Knaben nicht anerkennen zu müssen, und da sich in den Papieren, die sie vorweisen konnte, einige Ungenauigkeiten fänden, sei ein Prozeß mit Sicherheit zu erwarten, der an sensationeller Spannung alles bisher Dagewesene weit hinter sich lassen werde. Mr. Hobbs pflegte ganze Stöße Zeitungen durchzustudieren, bis ihm der Kopf brannte, und abends wurde dann alles mit Dick durchgesprochen. Allmählich ging dabei den beiden über die Bedeutung der Stellung eines Grafen

Dorincourt ein Licht auf, und je genauer sie erfuhren, welch glänzendes Vermögen und welch herrliche Güter ein solcher besaß, desto höher steigerte sich ihre Aufregung.

»Man sollte eben etwas thun,« wiederholte Mr. Hobbs täglich. »So einen Besitz darf man doch nicht aus den Händen lassen – Graf hin, Graf her.« –

Leider konnten die beiden Freunde und Verbündeten nichts thun, als Briefe schreiben, in welchen sie Cedrik ihrer Teilnahme und Freundschaft versicherten, was denn auch jeder für seinen Teil redlich that, und Mr. Hobbs versicherte ihm noch überdies, daß, wenn es mit dem Grafen nichts sei, ihm jederzeit ein Anteil an dem Spezereigeschäft zu Gebot stehe und er ihn dereinst mit Vergnügen zu seinem Kompagnon nehmen werde.

»Dann hat er wenigstens bei uns sein gutes Auskommen,« sagte er zu Dick, nachdem sie sich gegenseitig ihre Briefe zu lesen gegeben hatten. »So ist's,« bestätigte Dick sichtlich getröstet.

Am nächsten Morgen erlebte einer von Dicks Kunden eine große Ueberraschung. Es war ein junger Jurist, der eben als Anwalt zu praktizieren begann, so arm wie junge Juristen hier und da zu sein pflegen, aber ein begabter, energischer Mensch mit klarem Verstand und liebenswürdigem Humor. Er hatte sich ein ziemlich armseliges Bureau in der Nähe von Dicks Stand gemietet und war dessen allmorgendlicher Kunde, der immer ein freundliches Wort oder einen Scherz hatte, wenn auch der Zustand seiner Fußbekleidung für das Auge des Fachmannes nicht allezeit befriedigend war.

An diesem Morgen hielt der junge Gesetzeskundige, als er seinen Fuß auf das kleine Bänkchen setzte, eine illustrierte Zeitung in der Hand, ein auf der Höhe der Zeit stehendes Blatt, das ungesäumt seinen Lesern in großem Formate zum Anblicke der das Tagesgespräch bildenden Personen und Dinge verhalf. Er überflog rasch die Seiten, und als der zweite Stiefel in erwünschtem Glänze prangte, reichte er dem jungen Schwarzkünstler das Blatt.

»Da hast du was zu lesen, Dick,« sagte er, »kannst dir's zu Gemüt führen, wenn du bei Delmonico dein üppiges Mahl einnimmst. So sieht ein englisches Schloß aus und so eines englischen Grafen Schwiegertochter. Schöne junge Frau – eine Unmasse Haar – scheint aber da drüben viel Staub aufgewirbelt zu haben.

Es ist sehr an der Zeit, daß du, vorwärts strebender Jüngling, dich mit einem hohen Adel und verehrten Publikum näher bekannt machst, hier kannst du mit dem erlauchtigsten Grafen Dorincourt und der ehrenwerten Lady Fauntleroy den Anfang, machen. Hallo, Bursch! Was ist denn los?«

Die Porträts, von denen er gesprochen hatte, befanden sich auf der ersten Seite und Dick starrte, Augen und Mund weit aufgerissen und kreideweiß, unverwandt auf eins derselben.

»Was bin ich schuldig?« fragte der Advokat. »Was in aller Welt ist dir denn in die Glieder gefahren?«

Dick sah allerdings aus, als sei er vom Blitze gerührt, und deutete, ohne ein Wort hervorbringen zu können, auf das eine Bild.

»Die Mutter des Prätendenten (Lady Fauntleroy)« stand darunter. Das Bild zeigte eine hübsche Frau mit großen Augen und dicken, mehrmals um den Kopf gelegten schwarzen Haarflechten.

»Sie!« rief Dick endlich. »Die – die kenn' ich besser als Sie!«

Der junge Anwalt lachte.

»Wo hast du denn die interessante Bekanntschaft gemacht, Dick?« sagte er. »In New York? Oder vielleicht bei Gelegenheit deiner letzten Spritztour nach Paris?«

Dick hatte nicht Zeit, diesen Witz zu begrinsen. Er begann, seinen Putzapparat eilig zusammenzupacken, als ob es sich vorderhand um sein Geschäft ganz und gar nicht mehr handeln könnte.

»Einerlei,« sagte er, »ich kenn' sie! Und für heut ist ausgeschafft.«

Kaum fünf Minuten darauf eilte er im Sturmschritt an Mr. Errols ehemaligem Häuschen vorbei in den Laden an der Ecke. Mr. Hobbs wollte seinen Augen nicht trauen, als er, von seinem Pulte aufblickend, Dick mit der Zeitung in der Hand hereinstürmen sah. Der Junge war so außer Atem, daß er kaum sprechen konnte und nur das Blatt auf den Ladentisch warf.

»Hallo!« rief Mr. Hobbs. »Hallo! Was kommt denn da?«

»Ansehen!« keuchte Dick. »Die Frauensperson auf dem Bilde ansehen! Jetzt haben Sie's – ja die! Die, die ist keine Adlige – die wahrhaftig nicht,« rief er zornig auflodernd. »Die – einem Lord seine Frau fein? In Stücke reißen soll man mich, wenn's nicht Minna ist – Minna! Die würd' ich überall erkennen, so gut wie Ben! Fragen Sie nur den!«

Mr. Hobbs sank auf seinen Stuhl.

»Ich hab's ja gesagt, daß alles eine abgekartete Geschichte gewesen ist,« sagte er. »Ich hab's ja gewußt. Und das haben sie ihm angethan, weil er ein Amerikaner ist, einfach deshalb.«

»Welche ›sie‹ haben's ihm angethan?« brüllte Dick verächtlich. »Die da hat's gethan – die und kein andrer Mensch! Die hat immer voll Teufelei gesteckt, und ich will Ihnen auch sagen, was mir eingefallen ist, gleich im Augenblicke, wie ich das Bild sah! Da – in irgend so einer Zeitung hat's gestanden, etwas von dem Bengel, ihrem Sohne, und daß er eine Narbe am Kinne habe! Na, wenn der ihr Balg da ein Lord ist, dann bin ich auch einer! Bens Kind ist's – der Knirps, der die Narbe abgekriegt hat, wie sie den Teller nach mir hat schmeißen wollen.«

»Professor Dick Tipton« war von Natur ein kluger Junge, und sein Brot in den Straßen einer Großstadt verdienen schärft die Sinne und lehrt Kopf und Augen offen halten. Es muß übrigens zugegeben werden, daß für ihn die Aufregung und Spannung dieser Stunde eigentlich ein Hochgenuß war. Wenn der kleine Lord Fauntleroy an diesem Morgen einen Blick in den ihm so lieben Ladenraum hätte werfen können, so hätte ihn die Sache wohl sehr »'tressiert«, selbst wenn die Beratungen, die gepflogen, und die wunderbar kühnen Pläne, die geschmiedet wurden, sich mit dem Schicksal eines beliebigen andern beschäftigt hätten.

Das Gefühl seiner Verantwortlichkeit hatte für Mr. Hobbs etwas vollkommen Überwältigendes, während Dick von Energie und Leben übersprudelte. Er begann sofort, an Ben zu schreiben, und schnitt das Bild aus der Zeitung, um es ihm beizulegen, und Mr. Hobbs schrieb sowohl an Cedrik als an den Grafen selbst. Mitten in dieser angestrengten Thätigkeit kam Dick ein erleuchtender Gedanke.

»Hören Sie,« begann er, »der, der mir das Blatt gegeben hat, der ist A'v'kat. Den könnten wir fragen, was zu thun ist, A'v'katen wissen das alles.«

Auf Mr. Hobbs machte dieser Vorschlag und Dicks große Findigkeit überhaupt einen ungeheuren Eindruck.

»So ist's!« erwiderte er laut, »Die Sache schreit nach einem Advokaten.«

Der Laden ward einem Stellvertreter übergeben – in den Rock schlüpfen und sich auf den Weg machen, war das Werk weniger Minuten.

Die Verbündeten marschierten in die Stadt hinunter und erschienen zum höchsten Erstaunen des jungen Mannes in Mr. Harrisons Bureau, wo sie ihre romantische Geschichte vortrugen.

Wäre dieser nicht ein sehr junger Anwalt mit thatendurstigem Gemüte und einer beneidenswerten Fülle von verfügbarer Zeit gewesen, so hätte es wohl etwas Mühe gekostet, ihm für diese überaus fabelhaft klingende, unklare Geschichte Interesse einzuflößen, da er aber zufällig ein brennendes Verlangen nach Arbeit hatte, und da er zufällig Dick kannte, und dieser Dick zufällig eine höchst lebendige, dramatische Darstellungsweise hatte, in welcher er sein Anliegen vortrug, so lief alles nach Wunsch ab.

»Und,« bemerkte Mr. Hobbs, »sagen Sie ungeniert, was Ihre Zeit zur Stunde wert ist, und nehmen Sie's gründlich – bezahlen werde ich, ich – Silas Hobbs, Ecke der Blankstreet, Gemüse- und Spezereihandlung.«

»Wenn sich die Sache wirklich bewahrheitet, so wie Dick sie auffaßt,« sagte Harrison, »so ist sie für mich nicht minder von Bedeutung als für Lord Fauntleroy selber, und keinesfalls können Nachforschungen irgend einem Teile Schaden bringen. Offenbar haben sich in bezug auf den Knaben einige zweifelhafte Punkte herausgestellt. Die Frau hat sich bei der Angabe seines Alters mehrfach widersprochen und dadurch Verdacht erregt. In erster Linie muß an Dicks Bruder und an den Anwalt des Grafen Dorincourt geschrieben werden.«

Ehe die Sonne unterging, waren zwei Briefe nach verschiedenen Himmelsrichtungen unterwegs. Der eine segelte mit einem englischen Postdampfer zum New Yorker Hafen hinaus, der andre brauste auf einem kalifornischen Postzug mit Windeseile dahin; der erstere trug die Adresse T. Havisham, Esqu., der andre war an Mr. Benjamin Tipton gerichtet.

Nachdem der Laden am Abend dieses denkwürdigen Tages geschlossen worden, saßen Mr. Hobbs und Dick noch bis nach Mitternacht in ernstem Gespräche und angelegentlicher Beratung bei einander.

Dreizehntes Kapitel

Unliebsame Ueberraschungen

Es ist erstaunlich, in wie kurzer Zeit manchmal gerade die allermerkwürdigsten Dinge es fertig bringen, sich zu ereignen. Ein paar Minuten hatten einst hingereicht, den kleinen Jungen, der seine rotbestrumpften Beine von Mr. Hobbs' Schreibstuhl herunterbaumeln ließ und ein höchst anspruchsloses Dasein in einer weltentlegenen Straße führte, in einen englischen Edelmann und den Erben eines unermeßlichen Besitztums zu verwandeln. Und wieder hatten ein paar hundert Worte genügt, diesen Edelmann zu einem kleinen Usurpator zu stempeln, der keinen Heller besaß und auf den Glanz, der ihn umgab, nicht das geringste Anrecht hatte. Und so unglaublich es scheinen mag, nahm es wieder nicht allzu lange Zeit in Anspruch, von neuem alles umzugestalten und dem, der in Gefahr gestanden hatte, alles zu verlieren, alles zurückzugeben.

Daß diese letzte Wandlung der Dinge verhältnismäßig rasch vollzogen werden konnte, rührte besonders daher, daß die Frau, die sich Lady Fauntleroy nannte, ihrer Rolle in keiner Weise gewachsen war. Als Mr. Havisham sie einem ziemlich scharfen Kreuzverhör über ihre Verheiratung und über ihr Kind unterworfen hatte, war ihr begegnet, zwei- oder dreimal mit ihren eignen Aussagen in Widerspruch zu geraten, was sein Mißtrauen in hohem Grade erweckte. Sobald ihr aber dies zum Bewußtsein gekommen war, hatte sie alle Selbstbeherrschung und Geistesgegenwart verloren und sich in ihrer Wut immer mehr ins Verderben geredet. Ihre Angaben waren nur in bezug auf den Knaben unrichtig und schwankend; über die Thatsache ihrer Heirat mit Bevis Lord Fauntleroy, und ihre darauf folgende Entzweiung hatte auch Mr. Havisham keinerlei Zweifel. Dagegen brachte er heraus, daß ihre Aussage über den Ort, wo das Kind geboren war – eine Vorstadt von London – auf Erfindung beruhte, und als er auf Grund dieser ersten Unwahrheit mit mehr Hoffnung auf Erfolg als bisher seine Nachforschungen zu betreiben anfing, kam der Brief des jungen New Yorker Advokaten, sowie die beiden Schreiben von Mr. Hobbs.

Das war ein Abend, als der Graf und Mr. Havisham, die Briefe vor sich, in der Bibliothek saßen und ihre weiteren Plane besprachen!

»Von der dritten Unterredung an,« sagte Mr. Havisham, »war mir die Person in hohem Maße verdächtig. Das Kind schien mir älter zu sein, als sie angab, und sie irrte sich plötzlich einmal in der Jahreszahl seiner Geburt und versuchte dann, die Sache wieder zu vertuschen. Verschiedene Verdachtsmomente, die mir aufgestoßen waren, stimmen genau zu der in diesen Briefen erzählten Geschichte. Das Beste ist jedenfalls, diese beiden Tiptons telegraphisch zu benachrichtigen, daß sie sofort herüberkommen sollen, sie darf keine Ahnung davon haben und muß gänzlich unvorbereitet mit ihnen konfrontiert werden. Bei Licht betrachtet, ist sie eine ziemlich armselige Intrigantin und wird höchst wahrscheinlich die Geistesgegenwart verlieren und sich sofort verraten.«

Und so geschah es. Mr. Havisham setzte, um sie keinen Verdacht schöpfen zu lassen, seine Unterredungen mit der Prätendentin in der bisherigen Weise fort und versicherte sie, daß er eifrig damit beschäftigt sei, die Berechtigung ihrer Ansprüche gesetzlich prüfen und feststellen zu lassen, so daß ihr der Kamm außerordentlich schwoll und sie im Gefühl der Sicherheit jeden Tag anmaßender und kecker wurde.

Eines schönen Morgens, als sie, Zukunftsträumen nachhängend, in ihrem kleinen Wohnzimmer in dem einfachen Gasthause saß, ward Mr. Havisham bei ihr gemeldet: als er aber auf ihren Wunsch eintrat, folgten ihm nicht weniger als drei unangemeldete Besucher, der erste ein pfiffig dreinschauender halbwüchsiger Junge, dann ein hochgewachsener, breitschulteriger junger Mann und schließlich Seine Herrlichkeit der Graf in eigner Person.

Sie sprang auf und stieß einen gellenden Schreckensschrei aus – sie hatte weder Zeit noch Kraft, einen solchen zu unterdrücken. Seit Jahren hatte sie der beiden, die da hereintraten, höchstens hier und da einmal flüchtig gedacht, und wenn sie es gethan, so hatten ihre Gedanken ein Weltmeer und viele Tausende von Meilen zwischen sie und jene gelegt – die Möglichkeit eines Wiedersehens war ihr nie in den Sinn gekommen.

»Hallo, Minna!« sagte Dick, dessen Manieren leider nicht so vollendet waren, um in des Grafen erlauchter Gegenwart ein Grinsen zu vermeiden.

Der hochgewachsene junge Mann – Ben Tipton – sah sie schweigend an.

»Die Dame ist Ihnen bekannt?« fragte Mr. Havisham, von einem zum andern blickend.

»Jawohl,« sagte Ben, »wir kennen uns!« Damit wandte er ihr den Rücken, als ob er den verhaßten, widerlichen Anblick nicht länger ertragen könnte, und trat ans Fenster. Die Frau, die sich so vollständig entlarvt und preisgegeben sah, geriet nun in eine an Wahnsinn grenzende Wut, die freilich für Ben und Dick nichts Neues war, und erging sich in entsetzlichen Schimpfreden, Drohungen und Verwünschungen, was auf Dick die Wirkung hatte, daß sein Grinsen sich nicht mehr ganz innerhalb der Grenzen des Schönen hielt. Ben blieb abgewandt, regungslos stehen.

»Ich kann es vor jedem Gerichtshof beschwören, daß sie es ist,« sagte er dann zu Mr. Havisham, »und wenn es nötig ist, kann ich außerdem noch ein Dutzend Zeugen dafür beibringen. Ihr Vater ist von Haus aus ein anständiger Mann, freilich sehr heruntergekommen, die Mutter war gerade wie sie. Der Vater lebt noch und hat Ehrgefühl genug, sich seiner Tochter zu schämen. Er kann's Ihnen sagen, wer sie ist, und ob sie mich geheiratet hat oder nicht.«

Dann, plötzlich die Faust ballend, wandte er sich zu ihr.

»Wo ist das Kind?« fragte er. »Es geht mit mir! Mit dir ist der Knabe fertig, so gut wie ich!«

Kaum hatte er ausgesprochen, als sich die in das Schlafzimmer führende Thüre ein wenig aufthat und das Kind, vermutlich durch das laute Sprechen neugierig gemacht, hereinguckte. Es war kein hübsches Kind, aber das Gesicht war klug und angenehm, ganz und gar dem Vater ähnlich, und am Kinn war die sehr sichtbare, dreizackige Narbe. Ben ging auf ihn zu und nahm ihn bei der Hand; seine eigne zitterte heftig.

»Ja,« sagte er, »daß der der meine ist, kann ich auch beschwören. Tom,« wandte er sich zu dem Kleinen, »ich bin dein Vater und ich will dich mitnehmen. Wo ist dein Hut?«

Der Junge deutete auf einen Stuhl, wo derselbe lag. Das Mitgenommenwerden schien ihm offenbar eher erfreulich, und er hatte in den paar Jahren seines Erdenlebens des Ueberraschenden schon so viel erfahren, daß es ihm gar nicht verwunderlich vorkam, in diesem Fremden seinen Vater sehen zu sollen. Die Frau, die vor wenig Monaten zu ihm gekommen war, in das Haus, wo er von seiner ersten Kindheit an lebte, und ihm gesagt hatte, daß sie seine Mutter sei, war dem kleinen Manne so zuwider, daß er sehr bereitwillig war, sich von ihr zu trennen. Ben nahm den Hut und ging nach der Thüre.

»Wenn Sie mich wieder brauchen,« sagte er zu Mr. Havisham, »so wissen Sie ja, wo ich zu finden bin.«

Damit ging er hinaus, sein Kind an der Hand, ohne sich nur ein einziges Mal nach der Frau umzusehen. Diese schäumte jetzt buchstäblich vor Wut, wobei der Graf sie mit großer Ruhe fixierte.

»Kommen Sie, kommen Sie,« sagte Mr. Havisham. »So geht das nicht. Wenn Sie nicht in die Zwangsjacke wollen, so müssen Sie sich zusammennehmen.«

Der geschäftsmäßige, kühle Ton dieser Bemerkung schien ihr klar zu machen, das ihre Zornausbrüche hier ganz wirkungslos waren, und mit einem fürchterlichen Blicke auf den Anwalt rauschte sie ins andre Zimmer, die Thüre dröhnend hinter sich zuschlagend.

»Die macht uns weiter keine Not mehr,« bemerkte Mr. Havisham gelassen, und er hatte recht. Noch in derselben Nacht verließ sie die »Dorincourt Arms« und fuhr nach London, wo ihre Spur verloren ging. Nach diesem Abschluß der widerlichen Szene bestieg der Graf sofort seinen Wagen.

»Nach Court Lodge,« lautete sein Befehl.

»Nach Court Logde!« rief Thomas im Aufsteigen dem Kutscher zu, »können sich darauf verlassen, da passiert wieder 'mal was Besondres,« setzte er hinzu.

Als der Wagen vor Court Lodge anfuhr, war Cedrik eben bei seiner Mutter im Wohnzimmer.

Ohne sich melden zu lassen, trat der Graf ein, er sah um einen halben Schuh größer aus als sonst und um viele, viele Jahre jünger; seine Augen leuchteten.

»Wo ist Lord Fauntleroy?« rief er.

Vor Erregung errötend, trat Mrs. Errol ein paar Schritte vor.

»Ist er Lord Fauntleroy?« fragte sie bebend. »Ist er's wirklich?«

Der Graf ergriff ihre Hand.

»Ja,« erwiderte er, »ja, er ist's!«

Dann legte er die andre Hand auf Cedriks Schulter.

»Fauntleroy,« sagte er in seinem gebieterischen Tone, »frage deine Mutter, wann sie zu uns aufs Schloß kommen will!«

Fauntleroy schlang jauchzend die Arme um des Mütterchens Hals.

»Ganz bei uns bleiben sollst du! Hörst du, bei uns wohnen!«

Der Graf sah Mrs. Errol an und sie ihn. Es war sein voller Ernst; er hatte es für angemessen erkannt, mit der Mutter seines Erben Frieden zu schließen, und einmal zum Entschluß gelangt, wollte er die Angelegenheit mit gewohnter Bestimmtheit und Raschheit erledigt haben.

»Sind Sie ganz gewiß, daß Sie mich brauchen können?« fragte Mrs. Errol mit ihrem reizenden, sanften Lächeln.

»Ganz gewiß,« versetzte er kurz, »wir hätten Sie von Anfang an haben sollen – wir haben's nur nicht gewußt. Ich hoffe, daß Sie kommen!«

Vierzehntes Kapitel
Der achte Geburtstag

Ben kehrte mit samt seinem Jungen zu seiner Farm in Kalifornien zurück und zwar unter den denkbar günstigsten Verhältnissen. Kurz vor seiner Abreise von England hatte ihm Mr. Havisham die Mitteilung gemacht, daß Mylord für den Knaben, der unter Umständen Lord Fauntleroy hätte werden können, etwas thun wolle, und daß er es für das Beste halte, seinerseits eine größere Summe in Grundbesitz in Kalifornien anzulegen, dessen Bewirtschaftung, beziehungsweise die auf demselben zu betreibende Viehzucht Ben unter Bedingungen übernehmen solle, die ihn in den Stand setzen würden, für die Zukunft seines Sohnes ausreichend zu sorgen. Ben verließ also Europa als zukünftiger Herr einer kalifornischen Farm, die so gut wie sein Eigen war, und die er in wenig Jahren als sein alleiniges Besitztum zu sehen hoffen konnte, was auch in der That geschah, und Tom wuchs heran, kräftig und tüchtig und mit ganzem Herzen an seinem Vater hängend. Die beiden hatten überall und in allem Glück und Erfolg, und Ben pflegte zu sagen, daß sein Sohn ihn reichlich für alles frühere Mißgeschick entschädige.

Dick und Mr. Hobbs dagegen – letzterer war mitgekommen, um »allerorten nach dem Rechten zu sehen« – segelten nicht so bald in die Neue Welt zurück. Der Graf hatte von Anfang an im Sinne gehabt, für Dick zu sorgen, und es ward beschlossen, ihm vor allen Dingen eine richtige Erziehung zu teil werden zu lassen, Mr. Hobbs aber hatte bei sich erwogen, daß in Anbetracht des tüchtigen Vertreters, den er für sein Geschäft in Blankstreet gefunden hatte, er sich wohl den Luxus erlauben könne, den Festlichkeiten noch beizuwohnen, die für Lord Fauntleroys achten Geburtstag vorbereitet wurden. Sämtliche Pächter und sogar Tagelöhner waren mit Kind und Kegel dazu geladen, und im Park sollte ein Festschmaus, Spiele und Tanz abgehalten werden und für den Abend waren Freudenfeuer und allerlei Feuerwerk geplant.

»Ganz wie der 4. Juli!« sagte Lord Fauntleroy. »Schade, daß mein Geburtstag nicht am vierten ist, dann könnten wir's miteinander feiern – gelt?«

Es muß leider zugestanden werden, daß die Freundschaft zwischen dem Grafen und Mr. Hobbs sich vor der Hand noch nicht bis zu der im Interesse der britischen Aristokratie dringend wünschenswerten Innigkeit entwickelt hatte. Mylord hatte im Umgange mit Spezereihändlern unglücklicherweise ebensowenig Erfahrung wie Mr. Hobbs in dem mit »'ristokraten«, und es mochte wohl daran liegen, daß das Gespräch zwischen ihnen nicht recht in Fluß kommen wollte. Ferner muß zugegeben werden, daß die Herrlichkeiten, welche Fauntleroy dem Freunde zu zeigen für seine Pflicht hielt, einen einigermaßen überwältigenden Eindruck auf ihn gemacht hatten, so daß sein Selbstgefühl etwas an fröhlicher Sicherheit eingebüßt zu haben schien.

Das äußere Thor, die steinernen Löwen und die Avenue hatten ihre Wirkung auf das Gemüt des stolzen Republikaners schon nicht ganz verfehlt, und der Anblick des Schlosses selbst, der Terrassen und Blumenbeete, der Gewächshäuser und des unterirdischen Gefängnisses, der Pfauen und Hunde, der Ställe und Waffen, des großen Treppenhauses und der zahllosen Livreediener hatte ihn dann etwas aus der Fassung gebracht, der Ahnensaal jedoch war es, der ihn um den Rest seiner Gemütsruhe brachte.

»Na, scheint so was wie ein Museum, hm?« fragte er, als Fauntleroy ihn in den großen, herrlichen Raum führte.

»Nein, ich – ich glaube nicht,« sagte Cedrik etwas unsicher. »Ich glaube nicht, daß es ein Museum ist. Großvater sagt, das alles seien Verwandte, Onkel und Tanten von ihm.«

»Die alle,« stieß Mr. Hobbs erschüttert hervor. »Die alle, Onkel und Tanten, der Großonkel muß aber eine Familie gehabt haben! Hat er sie alle aufgezogen?«

Er sank ergriffen von der Größe solchen Familienglücks in einen Stuhl und sah ganz aufgeregt um sich, bis es Lord Fauntleroy nicht ohne Schwierigkeit gelang, ihm auseinander zu setzen, daß es sich bei den sämtliche Wände vollständig bedeckenden Porträts nicht um die Nachkommenschaft eines einzigen Großonkels handle.

Zu guter Letzt fand er es aber doch geraten, Mrs. Mellon zu Hilfe zu rufen, welche die Geschichte jedes einzelnen Bildes und die Namen der Maler kannte, und die noch überdies höchst romantische und merkwürdige Dinge aus dem Leben der hier verewigten Lords und Ladies zu erzählen wußte. Nachdem Mr. Hobbs den Stammbaum des Hauses Dorincourt einigermaßen begriffen und einige derartige Erzählungen gehört hatte, fing er an, unter den Schätzen Schloß Dorincourts die Ahnengalerie fast am höchsten zu stellen, und manch liebes Mal sah man ihn von den »Dorincourts Arms«, wo er Quartier genommen hatte, herüberwandeln, um eine Stunde im Ahnensaale zu verbringen und unter stetem Kopfschütteln die gemalten Damen und Herren anzustarren, die ihn ihrerseits ebenso verwundert wieder anstarrten.

»Und lauter Grafen oder beinahe Grafen,« sagte er dann vor sich hin. »Und er wird auch so einer!«

Im Innersten waren ihm die »'ristokraten« und ihre Art zu leben keineswegs so sehr zuwider, als er sich gedacht hatte, und es ist sehr zweifelhaft, ob seine republikanischen Grundsätze durch die nähere Bekanntschaft mit Schlössern und Ahnen und all den sonstigen Annehmlichkeiten nicht in ein bedauerliches Schwanken gerieten. Eines Tages wenigstens vernahm man eine Aeußerung aus seinem Munde, die zu solchem Verdacht Anlaß zu geben ganz geeignet war.

»Na, ich würd' mir am End' nichts draus machen, auch so ein Graf zu sein.« Das ließ tief blicken.

Es war ein großer Tag für alle, Lord Fauntleroys achter Geburtstag, und Seine kleine Herrlichkeit war glückselig dabei. Wie schön sah der Park nicht aus, gedrängt voll Menschen in ihren besten, buntesten Kleidern und die Zelte mit flatternden Fähnlein darauf, und die große Flagge, die vom Schlosse wehte. Kein einziger, der kommen durfte und konnte, war zu Hause geblieben, denn alle, alle waren ja von Herzen froh, daß ihr kleiner Lord Fauntleroy auch gewiß und wahrhaftig ihr Lord Fauntleroy bleiben und dereinst ihr Herr werden sollte.

Jedermann wollte ihn heute sehen, ihn und seine hübsche kleine Mutter, die schon so viele Herzen gewonnen hatte, und jedermann hatte etwas mehr Achtung und weniger Furcht vor dem alten Herrn, weil der kleine Junge ihn so lieb hatte und so unverbrüchlich an ihn glaubte, und auch weil der Graf endlich mit seines Erben Mutter Frieden geschlossen hatte und ihr mit Achtung begegnete. Ja, einige waren sogar der Ansicht, daß die einstige Feindschaft im Begriff stehe, sich in warme Freundschaft zu verwandeln, und daß unter dem zweifachen Einfluß des Kindes und der Mutter noch ein ganz manierlicher alter Edelmann aus ihm werden könne, was dann jedenfalls männiglich zu gute käme.

Welche Scharen von Menschen sich unter den Bäumen und auf dem großen offnen Rasenplatz und unter den Zelten umhertrieben! Pächter und Pächtersfrauen in ihren Sonntagskleidern, Hüten und Shawls; junge Burschen mit ihren Mädchen; Kinder, die sich jagten und fröhlich umhersprangen, und alte Frauen, die in ihren roten Mänteln bei einander standen und schwatzten. Auch im Schlosse gab es Gäste, Damen und Herren, die gekommen waren, um sich den Spaß mit anzusehen, dem kleinen Lord ihren Glückwunsch darzubringen und Mrs. Errols Bekanntschaft zu machen. Lady Lorridaile und Sir Harry hatten sich eingefunden, Sir Thomas Asshe mit seinen Töchtern und selbstverständlich Mr. Havisham, und vor allem die schöne Vivian Herbert in einem ganz entzückenden weißen Kleide, mit einem Spitzenschirm und dem unvermeidlichen Geleite von Verehrern, die ihr aber samt und sonders nicht so interessant zu sein schienen, wie ihr allerjüngster. Als er sie sah, flog er auf sie zu und schlang die Arme um ihren Hals, und sie küßte ihn so herzlich, als ob er ihr kleiner Lieblingsbruder wäre, und sagte:»Lieber Fauntleroy! Herzensjunge! Ach, ich bin so froh, so von Herzen froh −«

Und nachher wandelten die beiden Hand in Hand durch den Park, und er zeigte ihr sämtliche Merkwürdigkeiten, und schließlich führte er sie dahin, wo Mr. Hobbs und Dick sich aufgepflanzt hatten, und stellte ihr die beiden vor.

»Das ist mein alter, ganz alter Freund,« sagte er,»Mr. Hobbs − Miß Herbert − und das ist mein andrer alter Freund, Dick, und ich habe ihnen schon lange erzählt, wie schön du bist, und habe ihnen versprochen, daß sie dich sehen dürften, wenn du zu meinem Geburtstage kommst.«

Miß Herbert reichte beiden in ihrer liebenswürdigen Weise die Hand und plauderte eine Weile mit ihnen, stellte Fragen über Amerika und erkundigte sich, wie ihnen England gefalle, und Cedrik schwieg dazu und sah nur von der Seite mit strahlenden, bewundernden Blicken zu ihr auf und wurde ganz rot vor Freude, als er wahrnahm, daß Mr. Hobbs und Dick sein Entzücken teilten.

»Na, aber,« erklärte Dick nachher mit feierlicher Kennermiene, »das muß ich sagen, so 'was hab' ich noch nicht gesehen. Die – die ist akkurat wie ein Bild – so 'was, hab' ich gedacht, kommt nur in Geschichten vor.«

Jedermann sah ihr nach, wo sie vorüberging, und jedermann sah dem kleinen Lord Fauntleroy nach, und dazu schien die Sonne, die Fahnen flatterten, die Spiele nahmen ihren Verlauf, die Tanzenden flogen unermüdlich dahin, und inmitten der allgemeinen Freude schwamm Seine kleine Herrlichkeit förmlich in einem Meer von Wonne, und die ganze Welt erschien ihm so rosig, als sie nur je einem kleinen Jungen an seinem achten Geburtstag vorgekommen sein kann.

Und noch ein andrer war im innersten Herzen beglückt und glücklich – ein alter Mann, der, wenn er auch sein Lebenlang reich und vornehm gewesen war, doch im rechten Glücklichsein wenig Erfahrung hatte. Vielleicht war's auch, weil er gelernt hatte, gegen andre gut zu sein, daß er plötzlich auf seine alten Tage erfahren hatte, wie es thut, von Herzen froh zu sein. Allerdings hatte er's im Gutsein noch lange nicht so weit gebracht, als Fauntleroy glaubte, aber er hatte mindestens gelernt, etwas lieb zu haben in der Welt, und er hatte sich mehrmals darüber ertappt, daß er die wohlthätigen Dinge, zu denen ihn das arglose Vertrauen seines Enkels moralisch nötigte, eigentlich gar nicht ungern that – und das war immerhin ein Anfang. Ueberdies gefiel ihm seines Sohnes Frau mit jedem Tage besser, und es war keine ganz unwichtige Beobachtung, daß er im Begriff stand, auch sie lieb zu gewinnen. Er hörte gern ihre liebliche Stimme und sah gern in ihr reizendes Gesicht, und wenn er abends in seinem Lehnstuhl saß und sie mit ihrem Jungen am Kamin plauderte, hörte er gern unbemerkt zu und vernahm mit einer gewissen Neugier zärtliche, kluge und fein empfundene Worte, wie er sie vordem nie gehört hatte, und er begriff nun wohl, weshalb der kleine Geselle trotz der armseligen Straße in New York und trotz des Umgangs mit Krämern und Stiefelputzern eine vornehme, ritterliche Natur war, deren sich niemand zu schämen hatte, auch wenn es dem Geschick gefiel, ihn plötzlich wie im Märchen in ein Schloß zu versetzen und ihn zum Erben all der Herrlichkeit zu machen.

Die Sache war ja so einfach, es war ein reines, gutes, edelfühlendes Mutterherz, das ihn umgeben und geleitet hatte, und ihn gelehrt, gute Gedanken zu denken und für andre zu sorgen. Das ist sehr wenig und ist sehr einfach und ist vielleicht höher und besser, als alles andre. Er wußte nichts von Titel und Rang, von vornehmem Leben und vornehmen Sitten, aber er war überall und in jeder Lage liebenswert, weil er wahr und einfach und liebenden Herzens war. Und wer das ist, ist auch ein Königskind.

Und der alte Graf Dorincourt war heute wohl mit ihm zufrieden, wenn er ihn im Park sich unter den Leuten umhertreiben, mit manchen plaudern und jeden Gruß mit seinem kleinen, höflichen Komplimentchen erwidern sah, oder wenn er gegen seine Freunde, Mr. Hobbs und Dick, den aufmerksamen Wirt machte, oder sich leise neben seine Mutter oder Miß Herbert schlich und andächtig ihrer Unterhaltung lauschte. Am meisten befriedigt aber war er, als sie alle miteinander zu dem größten Zelt traten, wo die wohlhabenderen, bedeutenderen Pächter mit ihren Familien saßen und sich an Speisen und Getränk gütlich thaten.

Die Trinksprüche hatten eben angefangen, und der offizielle Toast auf den Grafen wurde heute mit einer gewissen Wärme aufgenommen, wie sie noch vor wenig Monaten undenkbar gewesen wäre. Dann aber brachte ein wohlbestallter Landmann die Gesundheit Lord Fauntleroys aus, und wenn an der Popularität Seiner kleinen Herrlichkeit auch noch der geringste Zweifel möglich gewesen wäre, so hätten diese endlosen, jubelnden Hurras, das Gläserklirren und Händeklatschen ihn beseitigen müssen. Ja, die Begeisterung war so groß unter den gutherzigen Leuten, daß nicht einmal die Gegenwart der Damen und Herren vom Schloß ihnen den geringsten Zwang auferlegen konnte. Es entstand ein ganzer Tumult und viel gerührte Blicke der Frauen ruhten auf der blühenden Kindergestalt, die zwischen Großvater und Mutter stand, und feuchten Auges flog es von Mund zu Mund: »Gott segne ihn, den herzigen, kleinen Jungen!«

Der kleine Lord Fauntleroy war glückselig. Er lächelte und machte zahllose Verbeugungen und war ganz purpurrot vor Stolz und Freude.

»Thun sie das, weil sie mich gern haben, Herzlieb?« fragte er stürmisch. »Ganz gewiß? Deshalb, Herzlieb, wirklich? O, wie bin ich froh!«

Und dann legte der Graf seine Hand auf des Knaben Schulter und sagte:

»Fauntleroy, du mußt ihnen danken für ihre Freundlichkeit.«

Cedrik sah betroffen zu ihm auf und blickte dann seine Mutter an.

»Muß ich das?« fragte er mit einem Anflug von Schüchternheit, und als sowohl Herzlieb als Miß Herbert ihm lächelnd zunickten, nahm er sein kleines Herz in beide Hände und trat entschlossen einen Schritt vor. Aller Augen richteten sich auf ihn, und er stand da mit seinem schönen, unschuldigen Kindergesicht, das einen rührenden Ausdruck von Tapferkeit trug, und begann, so laut er konnte, zu sprechen, so daß die hohe klare Stimme weithin vernehmbar war.

»Ich danke Ihnen so sehr! und ich hoffe, daß Sie an meinem Geburtstag recht vergnügt sind – weil ich auch so sehr vergnügt bin – und ich – ich freue mich auch sehr, daß ich Graf werden soll – im Anfang, da hab' ich mich nicht so gefreut – und ich – ich habe das Schloß so gern und das Dorf auch – es ist so schön hier – und – und – und wenn ich einmal Graf bin, will ich's versuchen, gerade so ein guter zu werden, wie mein Großvater.«

Unter donnerndem Jubelruf der begeisterten Menge trat er zurück, schob mit einem leisen Seufzer der Erleichterung seine Hand in die des Grafen und schmiegte sich mit einem fragenden Blick, ob er es so recht gemacht habe, an den alten Herrn.

Das wäre eigentlich das Ende meiner Geschichte, allein ich kann mich nicht enthalten, noch von einer höchst eigenartigen Erscheinung zu berichten, und diese ist, daß der stolze Republikaner Mr. Hobbs sich von Alt-Englands »'ristokraten« so angezogen fühlte und es so unmöglich fand, seinen jungen Freund ohne seine Aufsicht heranwachsen zu lassen, daß er den Eckladen in New York verkaufte und in Seiner Herrlichkeit Dorf Erleboro eine gemischte Warenhandlung errichtete, die bald sehr viele Kunden hatte – die Schloßherrschaft inbegriffen – und Mrs. Dibble viel Herzeleid bereitete. Und wenn auch das persönliche Verhältnis zwischen dem Grafen und ihm kein eigentlich intimes zu nennen war, so wurde der wackere Hobbs mit der Zeit doch »'ristokratischer« als Mylord selbst, studierte jeden Morgen die Hofzeitung und verfolgte die Thätigkeit des

Oberhauses mit höchstem Interesse. Etwa nach zehn Jahren war's, daß Dick, der seine Studienzeit hinter sich hatte und den Bruder in Kalifornien besuchen wollte, an den würdigen Spezereikrämer die Frage richtete, ob er nicht Lust hätte, auch wieder nach Amerika zurückzukehren.

»Könnt's nicht aushalten dort drüben,« sagte er, bedächtig das Haupt schüttelnd. »Muß in der Nähe von ihm bleiben und nach dem Rechten sehen. Und das Land drüben – solange man jung ist und sich rühren mag, ist's ja schon gut, aber – es hat keine Traditionen – ja, ja, keine Traditionen!«

Pierre-Ambroise-François Choderlos de Laclos, Bd. 91 *Gegen den Strich*, Joris-Karl Huysmany, Bd. 92 *Geschichte des Fräuleins von Sternheim*, Sophie v. La Roche, Bd. 93 *Geschichte vom braven Kasperl und dem Annerl*, Clemens Brentano, Bd. 94 *Geschichten aus dem Wienerwald*, Ödön v. Horváth, Bd. 95 *Glanz und Elend der Kurtisanen*, Honore de Balzac, Bd. 96 *Glück und Unglück der berühmten Moll Flanders*, Daniel Defoe, Bd. 97 *Götz von Berlichingen*, Johann Wolfgang v. Goethe, Bd. 98 *Gullivers Reisen*, Jonathan Swift, Bd. 99 *Heidis Lehr und Wanderjahre*, Johann Spyri, Bd. 100 *Heinrich von Ofterdingen*, Novalis, Bd. 101 *Hiob Roman eines einfachen Mannes*, Joseph Roth, Bd. 102 *Immensee*, Theodor Storm, Bd. 103 *Iphigenie auf Tauris*, Johann Wolfgang v. Goethe, Bd. 104 *Italienische Märchen*, Clemens Brentano, Bd. 105 *Ivanhhoe*, Walter Scott, Bd. 106 Jahrmarkt der Eitelkeiten, William Makepaece Thackeray, Bd. 107 *Jane Eyre*, Charlotte Brontë, Bd. 108 *Jugend ohne Gott*, Ödön v. Horvath, Bd. 109 *Jürg Jenatsch*, Conrad Ferdinand Meyer, Bd. 110 *Kabale und Liebe*, Friedrich v. Schiller, Bd. 111 *Kasimir und Karoline*, Ödön v. Horvath, Bd. 112 *Kinder- und Hausmärchen*, Gebrüder Grimm, Bd. 113 *Kleiner Mann, was nun*, Hans Fallada, Bd. 114 *König Alkohol*, Jack London, Bd. 115 *Krambambuli*, Marie Ebner-Eschenbach, Bd. 116 *Lausbubengeschichten*, Ludwig Thoma, Bd. 117 *Lavinia - Pauline - Kora*, George Sand, Bd. 118 *Leben und Lüge*, Detlev von Liliencron, Bd. 119 *Lebensansichten des Katers Murr*, ETA Hoffmann, Bd. 120 *Lenz. Der hessische Landbote*, Georg Büchner, Bd. 121 *Lieutenant Gustl*, Arthur Schnitzler, Bd. 122 *Lord Jim*, Joseph Conrad, Bd. 123 *Luise*, Johann Heinrich Voß, Bd. 124 *Madame Bovary*, Gustave Flaubert, Bd. 125 *Märchen*, Wilhelm Hauff, Bd. 126 *Maria Stuart*, Friedrich v. Schiller, Bd. 127 *Max Havelaar*, Multatuli, Bd. 128 *Meister Floh*, ETA Hoffmann, Bd. 129 *Michael Kohlhaas*, Heinrich v. Kleist, Bd. 130 *Minna von Barnhelm*, Gotthold Ephraim Lessing, Bd. 131 *Moby Dick*, Hermann Melville, Bd. 132 *Nathan, der Weise*, Gotthold Ephraim Lessing, Bd. 133-1 und 133-2 *Nils Holgersson wunderbare Reise*, Selma Lagerlöf, Bd. 134 *Niels Lyne*, Jens Peter Jacobsen, Bd. 135 *Nußknacker und Mausekönig*, ETA Hoffmann, Bd. 136 *Oliver Twist*, Charles Dickens, Bd. 137 *Onkel Toms Hütte*, Herriett Beecher Stowe, Bd. 138 *Peter Schlemihls wundersame Geschichte*, Adalbert v. Chamisso, Bd. 139 *Peterchens Mondfahrt*, Gerdt v. Bassewitz, Bd. 140 *Pinocchio*, Carlo Collodi, Bd. 141 *Reinecke Fuchs*, Johann Wolfgang v. Goethe, Bd. 142 *Rheinmärchen*, Clemens Brentano, Bd. 143 *Rinaldo Rinaldini*, Christian August Vulpius, Bd. 144 *Robinson Crusoe*; Daniel Defoe, Bd. 145 *Romeo und Julia*, William Shakespeare Bd. 146 *Schach von Wuthenow*, Theodor Fontane, Bd. 147 *Schachnovelle*, Stefan Zweig, Bd. 148 *Schatzkästlein des rheinischen Hausfreundes*, Johann Peter Hebel, Bd. 149 *Schelmuffskys Reisebeschreibung*, Christian Reuter, Bd. 150 *Schloss Gripsholm*, Kurt Tucholsky, Bd. 151 *Siebenkäs*, Jean Paul, Bd. 152 *Sternstunden der Menschheit*, Stefan Zweig, Bd. 153 Tao te king, Laotse, Bd. 154 *Till Eulenspiegel*, Hermann Bote, Bd. 155 *Tolldreiste Geschichten*, Honoré de Balzac, Bd. 156 *Tom Jones, Geschichte eines Findelkindes*, Henry Fielding, Bd. 157 *Tom Sawyers Abenteuer und Streiche*, Mark Twain, Bd. 158 *Troquato Tasso*, Johann Wolfgang v. Goethe, Bd. 159 *Traumnovelle*, Arthur Schnitzler, Bd. 160 *Trost der Philosophie*, Boethius, Bd. 161 *Über den Umgang mit Menschen*, Adolph Freiherr v. Knigge, Bd. 162 *Uli der Knecht*, Jeremias Gotthelf, Bd. 163 *Uli der Pächter*, Jeremias Gotthelf, Bd. 164 *Ungeduld des Herzens*, Stefan Zweig, Bd. 165 *Ut oler Welt*, Wilhelm Busch, Bd. 166 *Vater Goriot*, Honoré de Balzac, Bd. 167 *Väter und Söhne*, Ivan Sergejeviç Turgenev, Bd. 168 *Verlorene Illusionen*, Honoré de Balzac, Bd. 169 *Von der Freiheit eines Christenmenschen*, Martin Luther – Bd. 170 *Von der Ursache, dem Prinzip und dem Einen*, Bruno Giordano, Bd. 171 *Vor Sonnenuntergang*, Gerhard Hauptmann, Bd. 172 *Walden oder Leben in den Wäldern*, Henry D. Thoreau, Bd. 173 *Wilhelm Meisters Lehrjahre*, Johann Wolfgang v. Goethe, Bd. 174 *Wilhelm Meisters Wanderjahre*, Johann Wolfgang v. Goethe, Bd. 175 *Wilhelm Tell*, Friedrich v. Schiller

Von demselben Autor/Herausgeber sind bei BOD bereits erschienen:

Alle Tage Feiertage
ISBN 978-3-7386-0409-2, 280 S.
Allerlei Anlässe zum Aktionieren, Feiern und Gedenken

100 Kinderlieder
ISBN 978-3-7322-3024-2, 112 S.
100 Kinderlieder, altbekannt und immer wieder gern gesungen

Liederbuch (Deutsche Volkslieder)
ISBN 978-3-8423-6702-9, 312 S.
300 Volkslieder aus 8 Jahrhunderten und aller Herren Länder

Sagen und Erzählungen aus Marburg und Oberhessen
ISBN 978-3-7347-8909-0 , 164 S.
Allerlei Schwänke und Geschichten aus dem Marburger Land

Tausenderlei über die Freiheit
ISBN 978-3-7322-9721-4, 140 S.
Mehr als 1000 Zitate, Bonmots und Aphorismen über die Freiheit

Tausenderlei über das Glück
ISBN 978-3-7322-5525-2, 160 S.
Mehr als 1000 Zitate, Bonmots und Aphorismen über das Glück

Tausenderlei über die Liebe
ISBN 978-3-8423-7474-4, 140 S.
Mehr als 1000 Zitate, Bonmots und Aphorismen zum Thema Nr. Eins

Weihnachtsgedichte– Verse, Reime und Gedichte zum Fest
ISBN 978-3-7347-6393-9, 352 S.
290 Werke bekannter und unbekannter Dichter zum Weihnachtsfest

Weihnachtsgeschichten - Erzählungen und Märchen
ISBN 978-3-7347-6404-2, 392 S.
85 kurze und lange Texte zur Weihnachtszeit

Weihnachtsgeschichten 2
ISBN 978-3-7481-7533-9, 360 S.
35 kürzere und längere Geschichten zur Weihnacht

100 Weihnachtslieder
ISBN 978-3-7322-3375-5, 112 S.
100 Weihnachtslieder aus der Heimat und der ganzen Welt

Lob und Tadel an tessitore@web.de